KB218107

길 위에서
내일을
그리다

여행의 발견 01

길 위에서
내일을
그리다

지속가능한 삶을 위한
일상예술가의 드로잉 에세이

장미정 글·그림

도토북

2018년, 환경교육운동가로 산 지 스무 해 만에
내게 '쉼'을 선물하기로 했다.
안식년을 온전히 유럽에서 생활여행자로 살아보기로 한 것.

마음껏, 느리게 여행해야지 하는 계획이 전부였다. 그래도 내심,
지속가능한 사회의 속살을 보며 자연과 사람이 어우러져 살아갈
미래에 대한 영감도 얻고 싶었다. 기술 연수가 아닌,
철저히 사람들의 일상 속에서 말이다.

나의 안식년은 고요하고 평화로웠으며,
동시에 충만하고 놀라움의 연속인 나날들이었다.
보란 듯이 크고 작은 일상의 기적들이 내게 찾아왔다.
작은 스케치북을 펼쳐 끄적인 메모와 드로잉이
일상예술가로 살아갈 수 있는 또 다른 길을 열어 주었다.
초보 드로잉러로 시작하여 이젠 언제 어디서나 펜을 드는
어반스케쳐로 살고 있는 지금이 놀랍기만 하다.
작은 용기가 가져온 일 년의 시간은 나에게 삶의 전환기가 되었다.

오래된 미래, 첨단의 문명이 공존하는 유럽의 하늘 한복판을
가로지르는 날, 속으로 탄성이 터져 나왔다. 드디어 시작이구나!
나의 첫 생활여행지는 다양성의 도시, 독일의 베를린이었다.
때로는 가볍게 스쳐 가는 감성여행자로, 때로는 고독한
생활여행자가 되어 낯선 공간에 정을 붙이고자 어슬렁거렸다.
베를린은 한 여행자에게 사람과 자연의 공존을 현실로 보여 주었다.
도시 곳곳에서 열리는 새들의 콘서트, 어디서나 만날 수 있는
숲속 공원, 시민들이 지키고 가꿔온 공유공간들.
폐쇄된 영화관은 대안생활공동체가 되고, 버려진 공터는
청년들의 공동체 프로젝트 실험공간이자 시민공원으로 재탄생된다.
활주로는 시민공유광장이 되고 양조장은 문화공간으로 바뀐다.
재생과 변신의 이야기가 다음 세대에게 말을 거는 도시 풍경 속에서
생활여행자는 현지인들의 아름다운 민낯을 보았다.
유럽 대부분의 지역에 기차가 연결되는 베를린을 거점으로
때론 이웃 도시로, 때론 조금 먼 다른 나라의 도시들까지 여행하고
돌아오기를 반복하면서, 길 위에서 혹은 혼자만의 공간에서
여행의 상념들을 도화지에 담았다.

여행의 마무리 무렵, 두 번째 생활여행지로 선택한 곳은
독일 남부의 친환경 도시 프라이부르크였다.
그 무렵 이미 나의 여행 키워드는 자연과 사람, 지속가능한 삶이
되어 있었다. 난 길 위에서 이 키워드들을 희망으로 담고 싶었다.
프라이부르크는 오래된 것을 소중히 여기고, 지속가능한 작은 일상을
존중하는 시민들이 모여 만든 도시가 갖는, 따라 하기 힘든 멋이 있다.
유럽 곳곳을 여행하는 동안 감지되었던 지속가능한 건강한 시그널들이
이곳에서 하나의 완성본으로 버무려진 느낌이 들었다.
친환경 도시는 정책과 기술로 단숨에 지어지는 게 아니라
시민들이 환경시민으로 성장하는 과정을 거쳐야만 완성되는 것이라는
생각을 하게 한 곳. 아침마다 광장에는 신선한 지역 먹거리를
구할 수 있고, 자전거나 트램이면 도시 곳곳을 여행할 수 있다.
집을 나서 한 시간이면 숲의 한복판에 서서 자연과 호흡할 수 있다.

얼마 전 드로잉 모임에서 '언제 다시 여행을 할 수 있을까……'라는
동료의 말과 동시에 낮은 탄식이 새어 나왔다.
하지만 우리는 긴 시간, 낯선 여행을 해 온 인류이고

절체절명의 시대라는 사실을 공감하고 있다.
전 세계가 함께 겪고 있는 바이러스와 기후위기의 공포를,
무력감 대신 연대감으로 극복해가는 짜릿한 경험을 함께 만들고 싶다.

그 길 위에서 다시 내일을 그리고 싶다. 다시 조금 더 가까이에서
소소하지만 소중한 시공간을 마주하는 시간을 꿈꿔 본다.

여행 드로잉, 일상 드로잉은 소소한 것을 소중하게 바꿔 준다.
오래된 도시 사이를 오가고 머무르는 동안
자연과 사람이 어우러진 일상의 한가운데에서
도화지를 펼치고 손끝으로 담아내는 동안 꿈틀거리는
그 행복감이 정말 좋다.
누군가의 일상이 내게 특별해지는 순간이다.
나의 특별했던 시간이 이 책을 읽는 여러분에게 일상이 되길 바란다.

장미정 _ 일상예술가, 환경교육운동가

1. 보다

2. 느끼다

3. 하다

4. 걷다

5. 머무르다

1

———————————— 보다

길 위에서
시작된
드로잉의
매력

친구야, 천천히 오렴!

#베를린 #알렉산더광장 #시계탑

베를린은 화려한 도시적 면모를 가지고 있지 않음에도
끊임없이 세계인들의 관심을 받는 곳이다.
하지만 나의 소중한 안식년, 업무 없이 일 년을 살 수 있는
생애 최대의 호기로운 순간에 일부러 찾아올 만큼
내게 관심 있는 도시는 아니었다.
그럼에도 베를린을 긴 여행의 거점도시로 정한 것은
지금 생각해도 행운이었다.
여행은 선택의 반복이며, 우연과 인연의 반복이 아니던가.

기댈 곳 없는 자유로운 여행자에게 베를린은
머물고 싶은 푸근한 도시는 아니다.
그저 도움을 받을 수 있는 지인이 있고, 별다른 준비 없이
정착하여 장기 체류할 수 있다는 조건이 날 붙잡았다.
베를린의 매력을 체감하기 전까지는 그곳을 사랑하는
사람들이 신기할 지경이었다. 유럽에서 흔히 기대하는
멋진 명소나 마음을 흔드는 고혹적이고 낭만적인 거리가
즐비한 곳도 아닌 데다, 유명하다는 곳을 찾아도 큰 감흥이
느껴지지 않는 그적저럭함, 동네 마실 나온 듯한 후줄근한
복장의 사람들로 가득한 도시일 뿐이었다.
베를린에서 한 달 정도를 지냈을까. 어느 날 문득,
이 도시가 내 안으로 깊숙하게 들어오기 시작했다.

그 시간은 '자유로움'과 '다양성'이란 단어를 제대로 체감하기까지
걸린 시간이었다. 그 시간 이후, 난 누구보다 자유롭게 도시를
배회하고 어슬렁거리는 베를린 생활자가 되었다.
이제 베를린은 긴 여행 중 몸과 마음을 쉬게 하고 싶을 때
가장 먼저 떠오리는 도시이기도 하다.

"우리, 시계탑에서 만나!"
베를린이 익숙해졌을 즈음, 친구는 나를 알렉산더 광장으로
불렀다. 광장에 도착했지만, 친구의 모습은 보이지 않았다.
그뿐인가. 광장을 한 바퀴 돌아도 시계탑이 보이질 않았다.
의아한 마음으로 휘휘 몇 바퀴를 도는데 불현듯
광장 가운데 자리 잡은 구조물이 눈에 들어왔다.
거대한 원기둥 탑에 새겨진 숫자들, 아! 이거구나.
동그란 원 모양의 시계가 있는 시계탑만 찾은 탓이었다.
다국인종이 살아가는 다양성의 도시 베를린에
너무나 잘 어울리는 시계탑이었다.
헛걸음을 반복하고도 피식, 기분 좋은 헛웃음이 나왔다.
좁은 내 상상력이 민망했지만
베를린을 꼭 닮은 시계탑이라 반가웠다.

어둠이 가볍게 내려앉을 무렵이 되자
시계탑 아래에 버스커들이 자리를 잡기 시작했다.
가볍게 악기를 연주하는 버스커들의 노랫소리가
마음을 흔들었다. 시계탑에서 만날 약속을 하며
그리움과 반가움을 표현했던 친구를 기다리며
스케치북을 열었다.
리듬에 맞춰 고개를 끄덕이며 누군가를 기다리는 시간.
서툰 펜 선이 이 시간 안에서 낯선 도시의 낯선 시계탑을
정겹고 훈훈한 무언가로 바꾸어간다.

양쪽으로 대칭을 이룬 구조물을 그리는 건
아마추어 드로잉러에게 가장 큰 숙제!
그러나 좀 비뚤어지면 어떠랴. 그날의 시간과 느낌을
흠뻑 담아 펜을 움직인다.
친구야, 천천히 오렴!

알렉산더 광장(Alexanderplatz)
독일 베를린의 중심가인 베를린 미테Berlin-Mitte에 있다. 러시아의 황제였던 알렉산더 1세가 1805년 10월 베를린을 방문한 것을 기념하여 이 광장을 알렉산더 광장으로 부르게 되었다고 한다. 베를린 시민은 이 광장을 알렉스Alex라고 줄여 부르기도 한다.

지금은 공사 중

#어반스케치　#베를리너돔　#슈프레강

몇 해 전 서울에서 골목 드로잉으로 인연을 맺었던 친구들을
베를린의 한 갤러리에서 우연히 만났다.
놀라운 우연과 인연이 반가워 베를린 시내에서 어반스케치를
기약하고 헤어졌다. 그리고 오늘이 그날이다.
알렉산더 광장 시계탑에서 친구들을 만나 주변을 걷다가
자연스럽게 어느 풍경 속 안으로 들어가 자리를 잡았다.
여행자라면 가장 먼저 찾는 베를리너 돔과 슈프레강.
나 역시 독일에 머무는 동안 수십 번 지나치고 걸었던 곳이다.
베를리너 돔을 바라보며 걷는 시간은 자연에 기대어
문명을 만들고 살아가는 우리 삶의 아름다움이
아주 가까이에서 느껴져 좋다.
돔 주변의 광장, 정원, 강변에 자유롭게 자리를 잡은
사람들의 모습을 바라보는 것도 좋다.

공원에 자리를 잡고 앉아 스케치북에 구도를 잡는다.
펜을 들고 보이는 것들을 선으로 옮기다 보면
새로운 것이 눈에 들어온다. 관찰의 힘이 곧
스케치의 매력으로 이어지는 순간이다.
그런데 오늘은 강 주변으로 높이 솟은 크레인들이
유난히 눈에 들어온다.

유럽 대부분의 수도는 다른 도시에 비해 재정적으로

풍요롭지만, 베를린만은 예외로 빚이 많다.

베를린 유학생 친구의 전언으로는 빚이 많은 베를린이기에

최근 공사가 많아졌다고 한다. 작은 보수공사도 꼼꼼하고

원칙적으로 하는 독일 스타일 때문에 공사 기간이 상상 이상

긴 것을 감안하더라도 베를린의 강변 주변은 유난히

공사 중인 곳이 많이 눈에 띈다. 착잡한 생각에

선 그리기를 망설이고 있는 동안, 자전거를 타고 지나가는

베를리너의 모습이 구도 안으로 들어온다.

이 하나의 풍경에도 얼마나 많은 사연이 존재할까 생각하며,

복잡한 아름다움을 스케치북에 하나하나 채우기 시작했다.

다양한 도전과 자유 그리고 평화.

역사와 문화가 일상으로 느껴지는 도시 베를린.

머리 위 나뭇잎이 살랑거린다.

베를리너 돔(Berliner Dom)

독일 베를린에 있는 독일 개신교 교회이다. 베를린 미테지구의 동쪽에 자리잡고 있으
며, 슈프레섬의 북쪽인 박물관 섬의 랜드마크이다. 독일 내에서 가장 큰 규모의 개신교
교회 건물이다. **슈프레강**Spree R.은 하펠강의 지류로, 독일 북부를 흐르는 강이다.

역사의 흔적, 급수탑

가을이다. 5개월 넘게 떠돌이 여행자로, 마음 가는 대로
여러 도시를 여행하고 나니 나만의 편안한 휴식 같은 집이
그리워졌다. 남은 동안 여행 일정을 줄이고 쉬는 시간을
늘리기로 하고 몇 개월을 머물 집을 구하기 시작했다.

베를린은 쯔비센이라는 공유주택 문화가 보편화되어 있다.
자기 방은 따로 쓰면서 거실이나 부엌 등을 공유공간으로
쓰는 문화이다. 집주인과 면접을 하고 서로 맘에 들어야
성사가 되는데, 세입자든 집주인이든 대기업 입사시험만큼
까다로운 절차를 거친다. 서로의 취향, 성향, 생활방식을
확인하고 서로 마음에 들어야 입주가 가능하기 때문에
집을 구하는 일은 큰 스트레스다.
집을 구하기 위해 독일인들의 사이트에 자기소개를 정성껏
올렸는데, 다행히 세 명의 집주인이 연락을 주었다.
세 번의 면접 후 마음이 끌리는 마지막 집을 선택했다.
집주인은 이탈리아계 50대 여성이었는데, 노인복지정책
관련 일을 하고 있었다. 집은 그야말로 빈티지, 집에 있는
물건 중 벼룩시장에 내놓을 물건조차 없어 보였다.
앞선 두 집보다 결코 더 좋은 조건이라고 할 수는 없었다.
그런데 공간이 나의 마음에 들어왔다.

내가 쓸 방은 창문이 두 개나 있는 큰 방이었다.

가구라곤 침대 매트와 의자도 없는 테이블 하나,

그 공간이 주는 단순함과 안락함에 끌린 것이다.

집주인은 베를린에서 3일간 일하고, 나머지 기간에는

친구들이 모여 있는 함부르크에서 생활할 예정이라고 했다.

독일은 돈을 적게 버는 대신 검소한 생활방식과

자기만의 여유를 즐기는 사람들이 많다.

동네가 익숙해질 때쯤, 걷기의 반경을 넓히기 시작했다.

감성을 자극하는 소소한 가게들을 지나 걷다 보니

오래된 건축물이 나타났다. 구글 지도로 확인해 보니

1877년에 완성되어 1952년까지 사용된, 베를린에서 가장

오래된 급수탑이었다! 1933년 나치의 첫 번째 강제수용소

다하우^{Dachau}의 랜드마크로 알려진 급수탑이기도 하다.

도시 곳곳에 있는 그대로의 역사를 기록해 내는 독일답게

안내판에 아픔의 역사까지도 고스란히 남아 있다.

무거운 역사를 가진 곳이지만 한 발 떨어져 올려다보면

가을 색채를 담아 풍성한 나무들과 어우러져

고풍스러운 건축물로 읽힌다. 게다가 그 주변은 놀이터가

있는 공원으로 사람들의 휴식공간이 되고 있다.

서서히 멀어지는 동안 마음속 풍경으로 구도를 잡아본다.

다하우Dachau의 랜드마크로 알려진 급수탑이기도 하다.

#베를린   #쯔비센   #급수탑   #다하우

도시의 강가 풍경 ──────── 코펜하겐, 덴마크

#코펜하겐 #뉘하운 #레스토랑인어공주

하늘과 물, 물과 물, 사람과 자연이 맞닿은 풍광은
늘 평온함을 선사한다. 산이 있고 강이 흐르는 곳에
어김없이 도시와 문명이 자리한 것은 이 때문일까.

운하의 도시, 덴마크 코펜하겐의 뉘하운^{Nyhavn}은 동화 같은
풍경으로 나의 걸음을 멈추게 했다.
걸어도 좋고, 머물러도 좋을 도시의 풍경.
나는 좀 더 오래 머물고 싶어서 근처 레스토랑의
야외 테이블에 자리를 잡았다. 레스토랑의 이름을
검색해보니 인어 공주. 알고 보니 이곳이 안데르센의
인어 공주를 탄생시킨 곳이란다.
이런 풍광을 가진 도시라면 안데르센의 서정적이고
따뜻한 작품이 탄생할 만하다. 머리를 스치는
바람결마저도 서정적으로 느껴졌다.

생선요리를 주문하고 카메라 셔터 대신 펜을 잡는다.
이 아름다움을 온전히 스케치북에 담을 수는 없겠지만,
그냥 지나칠 수도 없으니까.
옆 테이블에 한 가족이 자리를 잡고 앉더니
아이가 크레용으로 그림을 그리기 시작했다.
나처럼 너도 이 순간을 간직하고 싶구나!

Bremen, 2018. 11 | MEEJEONG
"Town Musicians of Bremen"
what is your wish?

브레멘의 동물 음악대

브레멘, 독일

#브레멘   #브레멘음악대   #그림형제

일상 속에서 짧은 여행이 고파지면 주변의 도시들을 찾았다.
베를린에서 3시간쯤 떨어진 브레멘은 가고 싶은 도시 중
하나로 아껴 두었던 곳이다. 베를린으로 떠나는 비행기에서
옆에 앉았던 다정한 모녀 덕분이었다.
내가 읽고 있던 책을 보고는 젊은 엄마가 이야기를 건네 왔다.
음악을 전공하러 간 도시, 브레멘에서 이제는 사업을 하며
정착했다는 가족. 그들의 흥미진진한 이야기는
새로운 곳으로 떠나는 나의 설렘과 어우러져 브레멘을
호기심의 도시로 만들었다. 마침 내가 읽던 책 속에 등장했던
브레멘 음악대의 사진을 보며 언젠가는 호젓이 떠나보리라
다짐했었다.

늦가을의 어느 날, 여행 친구가 브레멘의 지역 축제에
가자는 연락을 해왔다. 언제나 즐거운 기차 여행.
게다가 그곳이 브레멘이라니!
아기자기한 동네 분위기가 쌀쌀해진 공기를 녹인다.
한국을 떠나오던 비행기에서 사진으로 처음 만났던
브레멘 음악대가 시청 앞 광장에 그 모습 그대로
나타났다.

그림 형제의 동화 '브레멘 음악대'에 등장하는

당나귀, 개, 고양이, 수탉.

농장에 살던 동물들은 주인의 학대를 피해 자유로운 땅,

브레멘으로 가서 음악대가 되기로 한다.

그리고 펼쳐지는 예상치 못했던 일들, 뜻밖의 해피엔딩!

고전 동화를 다시 들여다보니 의미심장하다. 그림책 작가들의

인생을 이야기하는 지혜가 새삼 존경스럽다.

한 소녀가 당나귀의 발굽을 만지면서 사진을 찍고 있다.

이 동상을 보러 온 많은 사람은 발굽을 만지며

소원을 빈다.

오늘, 이 순간, 이 소녀의 소원은 무엇일까?

그리고 내 소원은?

브레멘(Bremen)
독일 최대 항구 중의 하나로서 역동적인 독일 도시이자 유럽 북부의 주요 공업 도시이다. 브레멘은 북쪽으로 60㎞ 정도 떨어진 브레머하펜 항구와 함께 독일의 주 가운데 가장 작은 브레멘주를 이루고 있지만, 경제적으로는 매우 중요한 지역이다. 브레멘에는 중세와 현대 건축이 혼합되어 있다. 이 시의 심장부인 옛 도시에는 11세기 성당이 있는 유명한 시장터, 르네상스식 건물 정면을 가진 고딕 양식의 시청, 롤란트 상 등이 있다.

거리의 미학

파리, 프랑스

#파리 #일상적복지 #과일가판대

파리의 거리를 걷는다. 거리마다 정성스레 진열해 둔 과일
가판대에서 느껴지는 주인의 감각! 문득 파리 중심부에서
일하는 한 친구의 말이 떠올랐다.
"파리지앵의 미적 감각은 진분홍색 바지를 출근 룩으로
소화하는 남자 사원에게서 볼 수 있지!"
파리의 매력을 새롭게 일깨워 준 친구를 생각하며 잠시
미소를 지었다.

며칠 전까지 '패션 테러리스트들의 나라'라는 독일에서
생활해서인지 이번 파리에서의 일주일은 프랑스인들의
미적 감성이 유독 진하게 다가왔다.
백화점의 쇼윈도가 아닌 과일 가판대를 지나치다가도
내뱉게 되는 감탄사들. 조화로운 배치는 물론이고,
공간의 아름다움을 위해서 받침대까지 세워 진열해 둔 과일.
과일 중간 중간에 자리한 화분들. 모든 대상은
색감의 하모니를 이루며 하나의 그림이 된다.
더욱 놀라운 것은 거리의 가게 모두가 제각각의 독특한
멋스러움을 뽐내며 진열되어 있다는 것.
과일 집 주인들은 아침마다 가판대에 과일과 화분을
이리저리 놓으며 그 아름다움의 주인이 되고,
행복감과 자존감을 맛보겠지.

오래된 건물의 창밖 풍경을 예쁜 화분으로 꾸미는 것을
중요한 하루의 일과로 생각하는 프랑스인들의 감성은
특별한 훈련 과정을 거친 것이 아니라
일상의 문화로부터 전달된 것이리라.
일상의 풍경이 예술이라는 느낌이 들게 하는 거리.
독일의 일상적 복지가 거리의 풍요로운 자연이라면
프랑스의 일상적 복지는 풍부한 미적 감성이 아닐까.
그 감성이 유독 소중하게 느껴져 스케치북을 열었다.
생존만을 위한 삶이 아니라면 꼭 필요한 것.
그것이 문화적, 예술적 감수성이 아닐까 생각하며.

바람 좋은 날, 광장 ———————

여름 내내 한국에서 찾아온 여러 팀과의 여행을 마치고 나서
나는 녹초가 되어 있었다. 반가운 이들과의 만남과 여행도
즐거우나, 혼자만의 호젓한 시간은 늘 필요하지 않던가.
무엇보다도 나는 안식년을 즐기고 있으니까.
조용한 시간을 누리기 위해 한 달 정도 쉴 집을 찾던 중
친구의 연락을 받았다.

어렵게 휴가를 얻은 친구가 함께 여행하자고 제안했고,
혼자 하는 여행을 두려워하는 친구인지라 거절하기 힘들었다.
마침 휴가 기간이라서 쯔비센으로 3일간 머물 숙소를 찾고
그곳에서 여행 준비를 하며 일단 체력을 보충하기로 했다.
하지만 하루, 이틀씩 여행 일정이 연기되기 시작했다.
친구의 회사 일 때문이니 어쩔 수 없는 일이었지만,
그에 따라 나도 이곳저곳 숙소를 옮겨야만 했다.
하루만, 이틀만 하며 연기한 여행 일정이 어느새
일주일을 넘기면서, 결국 나도 심통이 났다.
나는 어디로 떠나든 근거지를 늘 마련해야 하는
장기 여행자인데. 혼자 떠나겠어, 야속해도 어쩔 수 없어!
친구를 배려하기엔 그만한 여유가 없었던 것이다.
세상일, 참 내 맘 같지 않구나.

헛헛해진 나는 더 간절히 고요한 시간을 보내고 싶어졌다.
기차로 몇 시간이면 도착하는 폴란드로 방향을 틀었다.
바르샤바를 둘러보고 조용한 도시로 이동할 생각이었다.
갑작스럽게 7시간의 기차 여행을 하고 늦게 도착했기 때문에
교통이 편한 도심에 숙소를 정했다.

짐을 풀고 늘 그렇듯 창을 열어 낯선 풍경을 살폈다.
도심 한복판의 공간, 마천루들이 한눈에 들어오는데
아무런 감흥이 일지 않았다.
창밖 너머 어두운 도시의 야경. 나는 왜 여기에 있는 걸까.
오만가지 생각이 머릿속을 헤집고 다닌다.
조용히 쓰고 그리며 그간의 여행을 정리하는
감성 충만하고 고즈넉한 도시를 상상했던 탓일까.
추적추적 비가 내리고 있었고, 기분은 날씨를 닮아 꿉꿉했다.
감기 기운이 확 올라왔다.
여행이라고 늘 신나는 것은 아니다.
일상에서만큼이나 다채로운 감정의 변화를 겪게 되니까.

다음 날, 천근만근 축 처진 채 맞은 아침.
여전히 부슬부슬 비는 내렸고 나는 감기약이 필요했다.

혼자서 맞은 바르샤바의 아침은 감기약을 사는 것이
첫 일정이었다. 말도 통하지 않는 약사 세 명을 거쳐서
간신히 감기약을 구했다. 그나마도 친절한 약사들 덕에
기분이 좀 나아졌다.
점심과 약을 챙겨 먹고 나니 기운이 나기 시작했다.
그러는 사이 비가 그치고 점점 도시의 풍경이 밝아졌다.
묘하게 날씨와 맞아떨어지는 나의 컨디션과 기분이란!

광장이 그리워 구도심으로 방향을 잡았다.
서서히 폴란드만의 색채가 하나둘 내 시선을 사로잡는다.
적당한 무게감을 가진 믹스 파스텔 톤의 구도심 풍경이
편안하게 다가왔다. 색상표에서 한 번에 골라 칠할 수 있는
화려하거나 단단한 색감이 아니라
몇 번을 몇 개 이상의 색을 섞어야만 나올 수 있을 것 같은
색채감을 가진 도시. 차분한 매력의 도시를 바라보며
축 늘어졌던 심신이 조금씩 가벼워지고 있었다.

그렇게 찾아간 광장의 탁 트인 공간감.
자유로운 사람들의 움직임이 한껏 여유롭다.
잠시 호흡을 멈추고 바람을 맞는다.
바르샤바의 오랜 도심 속 광장은 시끄럽던 내 속을 달래며 평온함을
선물해 주었다. 오늘만큼은 호기로운 친구보다,
언제든 그 자리에 있어 주는 광장이 위로가 되는구나.

바람이 더 좋다. 오늘만큼은.

#바르샤바   #폴란드의매력   #구도심   #구도심의광장

밀라노 대성당 & 광장

DUOMO di Milano, Italia
600년에 걸쳐 지어지는 밀라노 대성당에서 바라본 광장

광장은 늘 옳다. 나는 어느 도시에 가든 광장을 먼저 찾는다.

광장은 사람, 공간, 시간, 추억, 기억을 담아내는 곳이다.

그 시공간을 공유하거나 살아 내는 사람들 사이로 흐르는

에너지가 좋다. 광장에 서면 지금 내가 숨 쉬는 시공간 속에서

작게 느껴졌던 존재감이 생동감을 얻는다.

600백여 년에 걸쳐 지어졌다는 밀라노 대성당.

똑바로 올려다보기도 어려울 만큼 장대한 성당.

돌고 돌아 성당의 윗부분까지 오르는 동안

점차 줌아웃되는 광장을 수시로 내려다본다.

광장의 사람들이 어느새 까마득해진다.

복잡한 세상사에서 줌아웃 되듯 무뎌지는

현실 감각이 나는 참 좋다.

#밀라노

#광장

#밀라노대성당

#밀라노두오모

줌아웃된 세상을 다시 줌인해서 바라보는 동안

무한한 상상이 넘실댄다.

그 또한 좋다.

밀라노 대성당(Duomo di Milano)

고딕 양식의 성당 중 유럽에서 네 번째로 큰 규모의 성당이다. 1386년 비스콘티 공작
에 의해 건축되기 시작했는데 무려 450년 뒤인 19세기 초에 완공되었다. 하늘을 찌를
듯 뾰족한 135개의 탑이 특징이다. 254개의 계단을 오르면 성당의 지붕에 올라갈 수
있는데 이곳에서 보는 풍경이 일품이다.

우연과 인연이 더해져 시내 한복판에 6주간의 쯔비셴을 얻게 되었다.
덕분에 집을 나서면 관광객과 여행객 사이를 걷게 된다.
낮의 두어 시간, 동네를 걷는 시간.
급할 것 없고, 적당한 숙소에 안착한 여행자가 누리는 특권이다.
오늘은 유명한 구역의 북적북적한 포토존을 지나쳐
호젓한 쪽으로 방향을 잡았다.

느린 걸음으로 하늘 한 번 살짝, 숨 한 번 후~!
도심 한복판에서 머리 위로 반짝이는 빛을 만들어 내는
동그란 나뭇잎이 순간 나를 깊숙이 파고든다.
잠시 걸음을 멈추었다. 내가 좋아하는 계수나뭇잎이다.
익숙했던 가로수가 오늘만큼은 나의 온 감각을 일깨운다.
봄, 여행, 여유. 내가 꿈꾸던 행복의 순간이 다름 아닌
긴 여행 중에 잠시 쉬는 이 순간이구나.
찰나의 볕과 그 볕을 거드는 나무 아래서 이토록 충만할 줄이야.

산책 이후로도 그 장면이 머릿속에서 떠나질 않아
스케치북을 열었다.
한 잎, 두 잎, 레이어드 시켜 본다.
누군가에게 나도 빛을 적당히 가려 주고, 또한 적당히 비춰 주는
잠시라도 쉬어가는 존재가 되고 싶다. 그런 내가 되고 싶다.
나의 꿈 같은 순간에, 다른 꿈 하나를 꾸어 본다.

아비뇽 산책

아비뇽, 프랑스

#아비뇽

#아비뇽산책

#무채색의도시

#론강

오래된 도시를 걷는 일은 언제나 좋다.

무채색의 아비뇽 산책으로 온전히 하루를 보냈다.

그 사이 그 어느 도시보다 충만한 감성의 도시가 되어버렸다.

선명한 색감이 어우러지지 않더라도 오래된 빛깔과

다양한 명암만으로도 매력을 끌어낼 수 있는 신기한 체험.

오래된 성곽과 공원을 통과해 강가를 따라 걷다가

잠시 쉬며 땀을 식히기로 했다.

      레스토랑의 웨이터가 한껏 호기심을 보이며 나에게

      말을 건네 왔다. 한국이라는 나라에 대해 궁금한 것이

      많아 보였다. 꿈에 그리던 남프랑스 여행의 기착지인

      아비뇽에서 만난 프랑스인 웨이터. 행복해 보이는

      웨이터 덕분에 좋은 기분으로 다시 길을 나섰다.

      론강 다리를 건너 구도심으로 들어서는 길.

      미지의 세계가 나에게 성큼성큼 다가오는 짜릿한 느낌.

      뚜벅뚜벅 발걸음에 힘을 실으며 다가가는 동안

      설레며 행복한 순간.

      길 위의 설렘이 좋아 성곽 안으로 들어서지 못하고

      잠시 성 밖의 벤치에 머물렀다.

      어느 여행자의 뒷모습을 떠올리며 펜을 든다.

그 섬, 생명력

칸. 프랑스

고즈넉하고 적막하고 신비로운
생트 마르그리트 섬 Ile Sainte-Marguerite.
칸에서 배로 15분 거리에 있는 섬으로 비수기엔 인적이
드문 곳이다. 덕분에 배 시간도 퐁당퐁당.
도시락만 챙겼더라면 종일 머물고 싶었던 곳.
더 길게 머물지 못하는 아쉬움을 뒤로하고 섬을 나서는 길에

노란 꽃 한 송이가 인사를 건넨다.
늦가을 섬의 풍경. 앙상하게 남은 가지,
그 사이에 피어 있던 꽃.
성벽에 뿌리박은 그 힘으로 겨울을 지나
다시 봄이 되어도 맘껏 피어나렴.
너처럼 우리 인생도, 나의 인생도
맘껏 피고 지고, 또 피어나기를.
작지만 강한 생명력, 그 힘!

길 끝에 만난 미술관

스톡홀름, 스웨덴

#스톡홀름

#나무사잇길

#자연과사람

#길끝의미술관

유럽의 도시를 여행하면서 가장 부러운 것은
걷기 좋은 거리이다. 그 거리를 걸을 때
일상적으로 지나치는 아름다운 공원들도.
스톡홀름은 생각보다 꽤 넓고 방대한 도시였다.
다른 도시에 비해 큰 탓에 걷다가 피로감을 느낄 때쯤,
국립공원을 만났다. 쓸쓸한 겨울의 초입. 안내문도 없고,
메인 센터는 공사 중이다. 안내해 주는 직원도 만날 수가
없다. 그저 하이킹 무리와 산책을 나온 사람들뿐.
국립공원이지만 동네 작은 공원들과 크게 다를 바가 없다.
좀 더 넓은 공간의 자연을 만날 수 있을 뿐이다.
간단한 설명의 표지판 혹은 방문자 센터를 핑계로 한
기념품 가게 정도는 있으려니 했나 보다. 그런 대담한
생략이 놀랍기도, 한편 거추장스럽지 않으니 부럽기도!

아름다운 나무들 사잇길을 따라 한참을 걷다 보니
나무들 사이로 스톡홀름의 도심이 비친다.
강변을 따라 흐르는 자연과 도시가 한 폭에 담긴다.

자연 속에 사람. 사람 곁에 자연.
저 길을 쭉 따라 걷다 보면 마지막 벤치엔
꽤 그리웠던 사람이 앉아 있을 것만 같다.
카푸치노 한잔과 함께 생각을 더해 가며 굽은 길을 따라
걸어가니 꽤 괜찮은 미술관이 기다리고 있었다.
인생길이 늘 이랬으면!

검은 숲의 마을

블랙 포레스트, 독일

#블랙포레스트   #검은숲
#뻐꾸기 시계

'블랙 포레스트'는 말 그대로 '검은 숲',
정식 명칭은 '블랙 포레스트 하이랜드'이다.
전나무와 가문비나무가 빽빽하게 들어차
멀리서 보면 검은 숲 같아 보여서 또는 숲 안에
들어가면 어두울 정도로 그늘이 넓게 져서
붙여진 이름이라고 한다.
해발 800m를 넘은 곳에 자리한 어마어마하게
큰 나무들의 숲이니 이유야 어떻든 간에
이름이 참 묘하게 잘 어울린다는 생각이 들었다.
신비로움을 한껏 간직한 '검은 숲'.

유난히 무더웠던 여름, 한국에서 환경 교사들이 도착했다. 독일
의 지속가능한 사회와 환경교육을 배우고 싶어서 온 팀이었다.
척박한 한국의 공교육 체계 안에서 고군분투하는 환경 교사들의
모처럼의 외출.

그들과 좋은 교육 사례를 공유하는 만큼 풍요로운 자연과
사람에게서 얻은 영감을 나누고 싶었다. 그래서 생각해 낸 곳이
바로 검은 숲의 마을이다. 모든 일정을 뒤로 하고 하루 일정을
블랙 포레스트 트레킹으로 잡았다.
그 다음엔 현지 가이드 찾기. 젊은 산림학자가 동행하기로 했다.

가이드는 이곳을 거점으로 연구하는 젊은 산림학자였는데,
모유 수유를 위해 3개월 된 갓난아이를 등에 업고도
우리 일행보다 앞서 성큼성큼, 가볍게 산을 올랐다.
와우, 독일 여성들 정말 강하다!
여정의 중간, 그녀가 추천했던 평화로운 숲의 마을이 나타났다.
마을 앞에 멈춰선 순간, 그녀는 단단한 어조로 말을 이어갔다.
"숲을 관리하는 것은 매우 중요합니다. 그런데 그 이상으로
중요한 것은 숲과 사람이 어우러져 지켜온 문화를
지켜 내는 것입니다. 숲은 복원할 수 있지만,
이런 마을의 문화는 다시 만들 수 없기 때문입니다."
숲과 사람이 어우러져 수백 년을 이어온 곳.
그 어울림을 지켜온 마을을 바라보는 내내
뭉클하고도 따뜻한 감동이 몰려왔다.

낯선 골목에 멈춰 서는 순간

유럽의 여러 도시를
여행했고, 다양한 문화와
예술을 만났다.
한동안 나의 여행리스트
우선순위에 있던
남프랑스 여행.

오랜 골목을 지켜 내기 위해 여행자들은 때론 두 팔을 들고 골목길을
넓혀 줘야 했다. 꼭 거장들의 흔적이 아니더라도, 오래된 흔적들은 충분히
아름다웠다. 아름다운 것들을 지키기 위해 두 팔을 드는 것쯤이야.
각 도시의 미술관에서 그 지역 작가들의 작품을 만나는 일은
신나는 일이었다. 음악이건 미술이건 예술을 맞이하는 순간,
아티스트의 평생 노력이 내게 와 닿는 그 순간이 나는 감격스럽다.
자신이 살아온 공간과 시간을 담아내는 각각의 시선과 감수성,
소통의 방식들이 놀랍고 귀하게 느껴진다.

비 오는 칸

늦가을 추적추적 비 내리던 칸의 거리,
모든 것이 차분해지는 시간 위를 걷는다.

아직은 모자란 실력 탓에
비에 젖은 거리를 표현하기가 어렵다.
어쩔 수 없이 '비 오는 칸'이라는 제목을 달아
그날의 분위기를 대신한다.

#칸 #비오는날
#모든것이차분해지는시간

멀리서 본 그들의 세상 ——————— 베르겐, 노르웨이

그들이 사는 세상!

바람 좋은 날, 건너편 부둣가에 앉아 넋을 놓고 바라본다.

낮이 긴 시기라서 저녁을 먹고 나왔는데도 여전히 환하다.

옹기종기, 겹겹이 보이는 지붕들이 정겹다.

사람 사는 세상을 감싸 주는 푸른 숲도, 푸른 바다도

한껏 뿌듯해 보인다.

길을 재촉하는 친구의 속을 태우면서까지

조금 더 머무르고 싶었다.

바람을 맞으며 한참을 서성인다.

뒤돌아보고 또 돌아보며 맞은편 언덕길을 오른다.

백야가 있는 기간인 줄 미리 알았더라면

내내 머물렀을 텐데.

멀리서지만 그들이 사는 세상에 잠시 함께하면서.

깊은 산 속의 사람들

#송네피오르

#세계최장협곡

끝없이 펼쳐지던 눈앞의 황홀경. 노르웨이의 인상을 가장
강하게 새겼던 세계 최장의 협곡 송네피오르를 만났다.
디즈니의 만화영화 '겨울왕국'에 등장하는 아렌델 왕국의
모델이었다는 이 협곡은 빙하시대를 거치며
길이 250km, 깊이 130m의 거대한 지형이 되었다.
피오르^{fjord}는 본래 '빙하로 침식된 계곡이 침수하여 생긴
해안지형'을 가리키는 말이다. 빙하가 만들어 낸 지형이라
북극과 남극에 가까운 고위도 지역에서만 볼 수가 있다.

> 그 깊은 숲 속에도 마을이 있다. 사람들이 있다!
> 잠시 거대한 자연 속에 터를 잡고 살아가는 사람이
> 되어 본다. 자연은 나의 거친 기억을 고요하게
> 만들어 주기도 하고, 때로는 두려움에 맞설 수 있도록
> 격려와 위로를 던져 주기도 한다.
> 사람이 자연 안에서 살아간다는 것은 그런 것이겠지.

송네피오르를 그리면서 그림 실력이 늘기 시작했다.
처음에는 같은 색으로 보이던 산맥들이 점점 다양한
색감으로 관찰되었다. 주의 깊게 관찰한 것을 조금씩
종이 위에 옮겨 나갔다. 과연 내가 저 장관을 그려 낼 수
있을까 했던 두려움을 그려 내고 싶다는 설렘이 앞질러
가기 시작했다. 거대한 자연이 주는 또 다른 선물이었다.

느리게 흐르는 마을

튀빙겐, 독일

#튀빙겐 #대학도시

#아날로그도시

구석구석 아름다운 대학도시 튀빙겐은
아날로그의 도시로도 알려진 곳이다.
도시 사이를 흐르고 있는 네카어^{Neckar}강 위로
유유히 배가 흐른다.
다양한 색깔의 활기찬 건물이 초록의 수목과 어울려
고유한 매력을 뽐내는 도시 튀빙겐.
풍경도, 그 풍광을 즐기는 사람들의 움직임도
평화롭고 여유롭다.

안과 밖. 자연과 사람이 서로에게 배경이었다가 주인공이 된다.
자연과 사람이 서로의 아름다움이 되어 즐길 수 있다.
한 달쯤 머물며 한껏 취하고 싶어진다.
누구라도 그러하리라.

마법의 성, 노이슈반스타인

디즈니에서 불쑥 튀어나온 것 같은 성,
퓌센의 노이슈반스타인^{Neuschwanstein} 성.
사진이나 달력에서 보았던 것 같은 장면을
드디어 직접 보게 되었다.
백색 성벽, 청록색 지붕의 성이 초록의 숲속에 파묻혀
비현실적으로 다가온다.

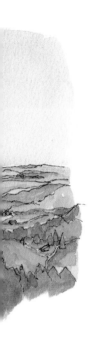

너른 평야 위의 한 마리 학처럼

고고한 자태로 아름다움을 내뿜고 있다.

사실 이 성에는 사연이 많이 담겨 있다.

의미 있고 아름다운 건축물을 짓고자 했던 왕이

국고를 낭비해가며 지었다는 성인데, 퇴위와 함께

병을 얻고 결국 완성된 모습을 보지 못했다고 한다.

긴 세월이 흘러 이제는 저마다의 사연을 지닌

수많은 사람들이 다녀가고 있다.

시대를 가로질러 오가는 사람들과 그들의 이야기를

말없이 품고 있는 성, 노이슈반스타인.

#퓌센

#노이슈반스타인

#마법의성

노이슈반스타인(Neuschwanstein)

'미치광이 루트비히'라고 부르던 바이에른 왕 루트비히 2세의 명령으로 세워졌다.
1869년 짓기 시작했지만, 1886년 루트비히의 죽음으로 공사가 중단된 채 그대로 남아
있다. 이 성은 루트비히 2세가 음악가 리하르트 바그너의 오페라를 보고 큰 감명을 받
아 지었는데, 필요한 자금의 대부분을 왕실 자금으로 충당해 지어 바이에른 경제에 큰
타격을 입혔다. 이 성은 퓌센에서도 조금 떨어진 슈반가우라는 마을에 있으며, 이 성을
관람하기 위해 전 세계 관광객들이 퓌센을 찾고 있다.

나는야, 알프스의 스케쳐

어릴 적부터 막연히 가고 싶었던 나라가 스위스였다.
옆 나라 독일에서 지내면서도 그 꿈을 왠지 소중히
간직하고 싶어 꽁꽁 아껴두었던 곳인데, 남프랑스로
이동하는 여정에서 그 문을 두드리기로 했다.
지나친 기대는 오히려 실망을 더할 수도 있으니
짧은 일정에 끼워 넣어 훌쩍 다녀오기로 한 것은
탁월한 선택이었다.
짧은 만남이지만 내겐 너무 짜릿했던 스위스의 알프스.

아름다운 이곳을 산악열차로 찾는다는 게 미안하기도 했고,
고맙기도 했다. 리기산 위에서 열차가 잠시 멈춘 사이,
내려 걷기 시작했다. 걸어도 걸어도, 그러다 멈추어도
그저 황홀할 뿐이다. 너무 아름다운 경관 앞에선 펜이든
렌즈든 맥을 못 추게 마련이지. 그래도 시린 손을 호호 불며,
두근거리는 가슴을 쓸어내리며 비경을 담아 보았다.
황홀함의 순간을 특별한 기억과 기록으로 만들고 싶었다.
결과물과는 상관없이 이번 여행 중 단연 최고의
현장 스케치 순간이었다. 내 마음 속 스위스니까.

취리히의 가을 언덕

가슴이 탁 트이는
언덕배기 광장에서
저절로 담기는
경관, 공기, 분위기 즐기기.
오랜 짝사랑 누군가를
만나면 이럴까.
머물러도 스쳐 걸어도
그저 좋다.

난간에 몸을 맡기고
무언가 열심히 써 나가는
여행자의 뒷모습.
내 감정도 한껏 부풀어
큰 숨 한번 내쉰다.

#취리히
#언덕배기광장

눈 앞에 펼쳐지는 세상을 찬찬히 관찰하며
펜으로 한 땀 한 땀 옮기는 순간이 좋다.
펜 드로잉의 묘미!

독일 여행의 시작!
낯선 마을과 도시를 어슬렁거리는
지금 이 순간,
우선 감사함으로 햇빛을,
너른 들판에 몸을 맡기자!

큰 키 나무 아래, 하나의 질문에,
또하나의 질문을 더하며,
생각을 더한다.

2

느끼다

새롭게

발견한

도시

드로잉

비 오는 날의 동상

봄과 함께 떠나 왔는데 벌써 가을이다.

떨어진 낙엽 위로 빗방울이 흩어지는 오후,

걷기만 해도 낭만이 넘치는 날들이다.

집에서 한 블록을 걸어 나오면 만나는 사거리에

단골이 된 오가닉 마트^{Denn's Biomarkt}가 있다.

대각선 방향에 위치한 마트를 가기 위해

줄곧 오른쪽 건널목으로 건너다녔던 나는,

오늘은 왼쪽 건널목으로 건너가 보기로 한다.

매번 걷는 길도 바라보는 방향에 따라 새로운 감각을 일깨우니까.

우산을 살짝 기울여 가을빛을 듬뿍 받으며

길을 걷는다. 건널목을 건너 마트로 향하는 길에

갑자기 어떤 물체가 성큼 시야로 파고든다.

실제 사람 크기로 만든 엄마와 아이의 동상이다.

빗길로 나서는 중이었는지 엄마는 우산을 펼치고,

아이는 손을 내밀어 비를 느끼고 있다.

누구의 기억에나 있을 법한 비 오는 날의 소소한 장면.

숱하게 지나쳤던 길인데, 조금 다른 방향으로 걸으니

오늘에야 내 눈에 들어온다.

비 오는 날 만난 우리 삶 속의 그들.

같이 살아가는 이웃처럼 그렇게 늘 서 있었구나.

맞다. 꼭 누군가를 기리기 위해서만
동상을 세울 필요는 없지 않은가!
서민의 도시, 다양성의 도시, 일상에 예술이 깃든 도시
베를린이 한 뼘 더 좋아지는 순간이다.

소소한 일상 속에서 만난 귀한 깨달음.
비 내리던 가을 어느 날,
베를린 동네 산책길에서.

#베를린
#동네산책
#엄마와아이동상
#귀한깨달음

아르헨티나 식당, 탐식

#베를린   #탐식   #음식여행   #프렌츠라우어

프렌츠라우어 지역에는 국적이 다른 수십 개 이상의 레스토랑이 있다.

집에서 걸어갈 수 있는 곳만 검색해 봐도 열 개가 족히 넘는다.

다양한 인종이 베를린장벽을 무너뜨렸던 혁명의 공간이기 때문일까?

친구와 식당을 찾으며 동네에 대한 관심이 모락모락 피어났다.

친구에게 의견을 물었다.

"어떤 식당으로 갈래? 1번 그리스 식당, 2번 아르헨티나 식당,

3번 폴란드 식당, 4번 스페인 식당⋯⋯."

친구는 2번 식당을 골랐다. 늘 오가는 길목에 자리한 레스토랑이다.
검붉은 빛의 덩굴 식물이 건물을 휩싸고 있었던
분위기 좋은 카페쯤으로 생각했었는데.
레스토랑의 이름 GULA를 찾아보니 '탐식'이라는 뜻이다.

에른스트 슈마허는 그의 저서에서 간디의 말을 전했다.
'대지는 모든 사람의 필요를 충족시키기에 충분하지만,
모든 사람의 탐욕에 대해서는 그렇지 않다.'

절묘하지 않은가? 인간의 욕망을 넉넉하게 허락하는 '대지'로서의
지구는 '욕망 총량의 법칙'을 갖고 있는가 보다.
탐식은 인간의 기본적인 욕구이지만 지나치면 문제를 일으킨다.
비단 탐식뿐일까! 무엇인가를 탐한다는 것은
그 정도에 따라 천차만별의 결과를 낳는 것이지.
그러니 사유하는 사람들은 우리 모두의 공존을 위해
탐욕을 스스로 조절해야 한다. 대지가 무한한 힘을 발휘하기 위해서는
역설적으로 유한함이 전제되어야 하기 때문이다.
대지를 딛어야만 존재할 수 있는 인간은 탐욕과 절제 사이에서
늘 선택하는 삶을 살아야만 한다. 절묘한 균형 속에서만
우리는 인간답게 살아가는 맛을 느낄 수 있다.

레스토랑의 이름에서 시작된 생각의 넝쿨은
주문한 음식이 나오고서야 멈출 수 있었다.
탐식을 부추길 만한 과장된 장치들이 있을 법도 한데, 식당의 분위기는
오히려 그 반대쪽에 가까웠다. 단정하고 소박하다. 친근한데 멋스럽다.
우리나라의 백반집 같달까? 심지어 가격까지도 만족스럽다.
이러니 오히려 식당 이름이 더 매력적으로 느껴졌다.

가끔 외국의 식당에 가면 옆 테이블에 앉은 사람들을 훔쳐보게 된다.
이 나라 사람들은 어떤 사람들일까 호기심이 생겨서다.
우리처럼 어쩌다 머물고 지나가는 여행객이 아닌, 다국적 이주민들이
많은 베를린. 나는 독일의 아르헨티나 식당에는 어떤 사람들이
오는 걸까 궁금해졌다. 슬쩍슬쩍 둘러보는 나처럼, 단골인 듯한 그들도
우리를 쳐다본다. 서로를 향한 호기심 어린 시선이 교차한다.
생각해 보면 음식만큼 그 나라의 문화나 정서, 생활양식을 직접적으로
체험할 수 있는 것도 없지 싶다. 그러니 다양한 국적의 사람들이 모인
베를린에서는 마음만 먹으면 세계 여행도 가능하겠다 싶었다.

이날 이후, 난 약속이 생길 때마다 가보지 못한 나라들의
레스토랑을 탐험하기 시작했다.
다양한 나라로 여행을 떠나 보고 싶어서.

달콤 쌉싸름한 소도시 여행

#브레멘

#크리스마스

#파울라모더존베커

#오토

#뱅쇼

#엘더베리와인

독일 북부의 도시 브레멘.

낮이 짧아지는 11월에 접어드니 바람이 스산해졌다.

찬 기운이 느껴지고, 일찍 어두워지기 시작하는 시즌이다.

유럽의 11월은 도전적인 달이다. 만인이 좋아하는 가을을 지나

12월 크리스마스 마켓 축제가 시작되기 전까지 해를 볼 수 있는

시간이 급속히 줄어들어 우중충한 일기의 연속이다.

그래서 유럽 사람들은 이 시간을 행복하고 즐겁게 보내기 위해

안간힘을 쓴다. 풀어야 할 숙제처럼 심각하게 고민하는

시간인 것이다. 그래서인지 곳곳의 지역 축제들이

더 많아지기 시작했다.

플리마켓 축제가 열리는 브레멘을 찾았다.

한나절은 군중 속을 비집고 걸어 다니느라 지쳐버렸다.

다음 날 아침, 간밤에 시끌벅적한 축제가 열렸던 광장은

언제 그랬냐는 듯 고즈넉하다. 듣던 대로 아름다운 도시의

면모가 곳곳에서 드러났다. 골목길을 따라 멋스러운

도시의 흔적을 읽으며 걷는다. 걷다가 만난 작은 미술관의

포스터. 파울라Paula 와 오토Otto라는 두 작가의 작품이

전시된 곳이다.

미술관을 방문했다. 인생이 온통 예술이었던 두 사람의

작품을 만나는 일은 충분한 가치가 있었다.

미술관에서 만난 작품의 잔상을 간직한 채
다시 골목길을 걸었다.
잠시 떨어져 걷고 있는 친구를 위해 브레멘 음악대 조각품을,
보고 싶은 또 다른 친구를 위해서는 타원형의 머그잔을
샀다. 머그잔에도 역시 동물 음악대가 그려져 있었다.
그 지역의 상품들을 살펴 고르며 내가 좋아하는 사람들을
떠올리는 것은 여행의 기쁨 중 하나이다.

시청 앞 브레멘 음악대 동상 앞에서 다시 친구와 만났다.
한나절을 따로 걸었기에 서로 느꼈던 것에 대해 이야기를
나누었다. 그러는 사이 어디선가 알싸한 냄새가 흘러와
후각을 자극한다. 돌아보니 지역 의상을 입은 이가
통나무 통 사이에서 손님을 기다리고 있다.
겨울의 시작을 알리는 따뜻한 와인의 향.

올해 첫 뱅쇼^{Mulled Wine}다. 뱅쇼는 와인에 시나몬, 과일 등을
첨가하여 따뜻하게 끓인 음료인데 겨울철 유럽에서 즐겨 마신다.
우리나라에서는 '글루와인'이라고 불린다.
우리는 엘더베리 와인을 골랐다. 스탠딩 테이블에 둘러서서
각자 달콤 쌉싸름한 맛에 취한다.
옆자리에 선 손님과 가벼운 대화도 나눈다.
금세 몸도 마음도 따뜻해진다.

마중물, 낯선 익숙함

#프라이부르크

#물펌프

#마중물

#에코스테이션

프라이부르크의 에코스테이션(환경교육센터) 야외 학습장.

무심코 길을 따라 걷다가 반가운 물체를 발견했다.

일명 작두 펌프라 불리는 물 펌프다. 이럴 적 할머니 댁에 가면

꼭 한 번씩은 마중물을 부어 펌프질을 했었다.

물 펌프는 키 큰 독일인을 닮아서인지 내 기억 속의 펌프보다 길쭉하다.

낯선 곳에서 익숙한 물건을 만날 때의 반가움과 유대감이

무척 기분 좋다. 낯선 물건이 기억 속의 것과 어우러져

새로운 추억으로 자리 잡는 순간, 짜릿하다!

열심히 일한 당신,
먹고 걷고 그려라!

LE VIEUX-PORT, MARSEILLE, FRANCE

#마르세유   #노트르담드라가르드성당

독일과 프랑스 남부 방문의 일정 사이에 일주일의 간격이 생겼다.
프랑크푸르트와 마르세유 사이에서 갈 곳을 찾아라!
얼른 유로 레일 지도를 펼치고 가고 싶고, 갈 수 있는 곳들의 동선을
점검해 보았다. 스위스 취리히-루체른을 경유해 마르세유로 가는
동선을 선택했다. 한 명의 여행자는 세 개의 도시를 천천히 경유하며
마르세유로 향하고, 또 한 명의 여행자는 빡빡한 업무 일정을
소화한 뒤 마르세유에서 만나기로 했다. 그렇게 우리는
언제가 함께 떠나기를 꿈꿨던 남프랑스 드로잉 여행자가 되었다.

　　　여행은 인생이다. 서로 다른 공간과 환경 속에서
　　　서로 다른 경험을 가지고 살다가, 여행길에서 만나면
　　　같은 시공간을 공유하는 짧은 인생의 동반자가 된다.

　　　아~ 마르세유! 프랑스 제2의 도시인 마르세유는
　　　상상 이상으로 매력적이었다. 탁 트인 전경이
　　　펼쳐지는 순간, 우리는 말없이 스케치북을 펼치고
　　　자리를 잡았다. 멀리 언덕 위로 보이는 노트르담 성당을
　　　배경으로 보트, 유람선 등이 장사진을 이루고 있다.
　　　그 장면을 그릴 수 있는 계단 중간쯤에 멈추었다.
　　　사람들은 아랑곳하지 않고 계단에 걸터앉아
　　　드로잉에 빠져들었다. 그리고 배가 고파질 때쯤,
　　　멋진 풍경이 보이는 식당에 자리를 잡았다.
　　　신선한 해산물 요리를 푸짐하게 주문했다.

우리는 이곳에 사는 사람들은 매일 보는 풍경에 대한 감흥이 없을 거라는 뻔한 이야기를 나누었다. 마주 앉은 여행 친구와 잘 통하는 감성에 고마웠다. 복잡한 일터에서 잠시 떠나온 서로를 진심으로 응원하며 행복한 밤을 시작했다. 열심히 일한 당신, 먹고 걷고 그려라!

홀로 여행의 자유로움과 홀가분함이 더 좋을 때도 있다.
하지만 그것이 쓸쓸함으로 바뀌는 순간은 식탁에 앉을
때이다. 장기 여행자가 되면서 혼자 여행과 동행 여행을
번갈아 하다 보니 두 여행의 장단점을 모두 느낄 수 있었다.
호젓한 혼자 여행은 여행지에 더 집중할 수 있고, 느끼고
싶은 만큼 느끼고 머물거나 떠날 수 있는 자유로움이 있다.
반면 좋은 여행 친구를 만나면 그간 담아 두어 숙성된
감상을 공유하며 정리가 되고 지나온 기억들이 근사해진다.
도전을 해야 할 때 더 용기를 낼 수 있고, 무엇보다
메뉴 선택권은 배가 되니 식탁에서의 즐거움도 배가 된다.
오늘은 배가 된 식탁 앞의 즐거움이다!

노트르담 드 라 가르드 성당(Basilique Notre-Dame-de-la-Garde)
프랑스 마르세유에 있는 로마 카톨릭 교회의 성당이다. 19세기 신 비잔틴 양식의 영향
을 받은 웅장한 종교 건축물로 내외부가 줄무늬처럼 보이는 채색 대리석과 금도금상,
모자이크로 화려하게 꾸며졌다.

환경 도시 산책

독일 사람들이 가장 살고 싶다고 손꼽는 곳은 친환경 도시
프라이부르크이다. 사실 이곳은 몇십 년 전까지만 해도
원자력 발전소가 들어서려는 지역이었다.
포도밭과 블랙 포레스트를 지키기 위해 시민들은
반핵 운동을 일으켰다.
그리고 결국 세계적인 환경도시를 탄생시켰다.
민관이 긴 시간 공을 들인 협력을 한 끝에 만들어 낸 쾌거였다.

그래서 이 도시는 굳이 코스를 짜지 않고 도시를 걷는 것만으로도
환경 여행이 가능한 곳이 되었다. 독일인들 사이에서 프라이부르크
출신이라는 사실은 친환경 생활을 하는 사람이라는 이력서로
인식될 정도이다.
나의 안식년, 긴 여행의 마지막 여정은 프라이부르크에서
한 달 살기로 정해졌다. 마치 무엇에 홀린 듯이, 하지만 자연스럽게.

　　　　한국 시골 마을에서 유학생으로 이 도시에 왔다가
　　　　이민자로 정착하였다는 숙소의 주인.
　　　　그 주인을 따라 이민 온 팔자 좋은 강아지 '누룽지'와 함께
　　　　강가를 걸었다. 강가를 따라 걷는 동안 가족, 연인,
　　　　애견들과 산책 나온 사람들을 구경하는 재미가 쏠쏠하다.
　　　　가까운 곳에 요양원이 있어서 산책 나온 노부부도 보이고,
　　　　휠체어로 산책을 나온 분들도 종종 눈에 띈다.
　　　　산책로 근처에 있는 놀이터에는 젊은 부부와 가족들이
　　　　시간을 보내고 있다. 짚으로 만든 친환경적인 놀이 기구를
　　　　타며 아이들이 놀이에 열중하고 있다. 놀이터를 지나쳐
　　　　걷는 동안 어린이 놀이 우선 표시 안내 표지부터 자전거
　　　　지도 표지판, 공유 자동차 표지판, 전용 주차 공간도
　　　　눈에 띄었다. 잘 정돈된 쓰레기 정거장, 담배꽁초 하나
　　　　발견할 수 없는 깨끗한 거리들.

자유분방한 베를린의 거리와는 여러모로 다른 산책길이다.
그 길로 삼십여 분, 흐르는 강을 따라 걷다 보니
민간 사업자가 만든 소규모 수력 발전소가 보인다.
안내판을 보니 120개의 가구에 에너지를 공급하고 있다.
그 옆으로는 재생 가능 에너지를 사용하는 축구 경기장과
자전거 도로도 펼쳐진다. 한 시간의 동네 산책 코스가
이렇게 풍성할 줄이야. 내일은 반대 방향으로 걸어봐야겠다.
또 무엇을 만나게 될까?

#프라이부르크

#환경도시

#친환경놀이터

#수력발전소

묘지공원의 결혼식

#브리스톨   #우드워크   #묘비   #묘지산책   #죽음을대하는방식

죽음을 대하는 방식은 삶을 대하는 자세만큼이나

그 사회의 성숙도를 가늠하게 한다.

영국의 장묘 문화를 들은 적이 있던 터라 시간을 내어

도심에서 가까운 숲속 묘지공원을 가보기로 했다.

외곽을 향하는 길, 다소 어두운 분위기의 빌라촌을 지나

만나게 된 숲속 묘지공원 우드워크.

입구에 세워진 간판이 눈에 띄었다.

'묘지에서의 결혼'

세상에! 묘지공원에서 결혼을 한다니, So COOL~ !

정말 근사한 일이다.

웨딩 안내판의 신선한 충격을 뒤로하고, 수많은
묘비 사이를 걷기 시작했다. 서로 다른 크기와 모양을
가진 묘비들이 옹기종기 모여 있었다. 입구의 묘비들은
작았지만 안쪽으로 갈수록 묘비의 크기가 커졌다.
죽음에도 등급이 매겨지는 듯 보여 문득 쓸쓸했지만,
그 어떤 죽음이 무게가 다르겠나 생각하며
천천히 걸음을 옮겼다. 묘와 자연이 어우러진 정도는
자리 잡은 햇수에 따라 제각기 다른 모습이었다.
묘비와 어우러져 무성해진 나무들 사이로 몇 무리의
가족, 친구, 연인들이 보였다. 묘비에 새겨진, 모르는
이름들을 읽어가며 천천히 걸었다.
'생사가 공존하는 공간에서는 무슨 생각을 해야 하지?'
이런 생각을 하며 공연히 긴장하고 있는 내가 멋쩍어
웃음이 났다.

공원을 통과해 나가니 언제 그랬냐는 듯 다시
평화로운 주택가. 문득 독일 남부의 한 소도시가 떠올랐다.
마을 한가운데에 자리 잡고 있던 아름답던 묘지공원.
일상의 삶과 죽음이 가까우면 죽음에 대한 두려움이
덜어질지 모르겠다는 생각이 들었다.

공원을 빠져나와 도시로 향하는 버스를 탔다.
불과 10분 사이, 젊음의 에너지가 넘치고
화려한 에너지로 가득한 도심이 나타난다.
전혀 다른 공간이다.
종일 긴장하고 있다가 북적대는 거리에 들어서니
뭔지 모를 안도감이 든다.

> 죽음, 그리고 죽음 이후
> 결국 인간이 돌아가 하나가 될 곳은
> 자연이라는 생각이 든다.
> 삶의 마지막 순간이 응축된 그곳에서,
> 인생의 또 다른 시작을 한다는 사실은
> 다시 생각해도 참 멋지다.

꽃병

대학 시절 단짝이던 오랜 절친과 우정 여행으로 떠나온
이곳은 모차르트의 도시, 음악의 도시, 잘츠부르크다.
도착하자마자 모차르트 클래식 콘서트를 예약했다.
대학 시절, 절친은 평범한 날에도 꽃다발을 안겨 주던
남다른 감성녀였다. 매일 붙어 다니면서도 우리는 수시로
손편지를 건네곤 했다. 방학이 지나고 나면
편지가 수북이 쌓여 책 한 권이 되기도 했다.
그 시절의 감성이 어색한 나이가 되었지만
나는 그런 내가, 그때의 우리가 좋았다.

콘서트의 감동 때문인지,

아니면 감성유발자 절친과의 동행 때문인지 모르겠다.

화려하고 아름다운 성 안에서도 유독 화병에 담긴

꽃 한 다발이 큰 의미로 내게 성큼 다가왔다.

유럽에서는 흔히 마주쳤던 꽃다발이 오늘따라 오래된

미술관의 복도 끝에서 그리워하던 명작을 마주한 듯 설렌다.

나는 늘 꽃이 좋았다.

꽃다발을 받은 날은 들뜬 기분으로 하루를 보낼 정도로.

하지만 언제부터인가 꽃다발보다 화분에 익숙해졌다.

환경 보호론자로서 꽃다발을 멀리해 왔기 때문이라고

생각했었는데…… 문득 만난 화병의 꽃 한 다발에

설레는 걸 보며 무뎌진 감수성도

한몫을 한 게 아니었나 싶었다.

유럽은 정원문화가 일상적이다 보니 꽃길을 만나기 쉽다.

이렇다 보니 자연을 벗 삼아 지내는 하루가 특별한 것도 아니다.

베란다에서, 창틀에서, 레스토랑에서, 거리와 정원에서

때로는 과일 가판대 위에서도. 심지어 화장실에서도

정성스러운 손길이 느껴지는 꽃을 만날 수가 있다.

몇 해 전, '꽃이 피다'라는 서울시 환경 프로젝트에 참여한 적이
있었다. 그때는 '환경'을 바라보는 시각이 좁은 것 같아
아쉽다고 생각한 사업이었는데, 지금 돌이켜보니
자연과의 거리를 가깝게 해 주려는 시도였다는 생각이 든다.
꽃을 가까이하며 자연스레 가까워지는 자연, 일상 속에서
꽃과 자연을 가꾸고 돌보는 행위, 그 모든 것들이 좋은 배움의
현장이 될 수도 있겠구나 싶어 마음이 너그러워진다.

성 안에서 만났던
한 다발의 평범하지만 특별했던 꽃.
화사하면서도 단정했던 꽃.
그걸 바라보던 내 마음마저 좋아서
종이 위에도 꽃을 담는다.

#잘츠부르크   #모차르트클래식콘서트   #꽃다발   #감성유발자

베를린에서 만난 친구들

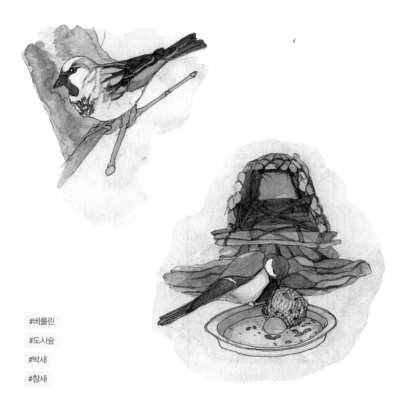

#베를린

#도시숲

#박새

#참새

도시 숲이 보편화된 독일의 수도, 베를린의 외곽.

아침에 일어나 창문을 열면 제일 먼저 들리는 것은

새소리이다.

몇몇의 새들은 내가 머물던 집의 베란다를
방문하곤 했다. 그 친구들과 아침 눈인사를 하다가
새집을 만들어 주기로 했다. 동네 앞 공원에 흩어져 있는
나무 조각을 모으고 그 조각들을 연결할 수 있는 털실을
준비했다. 같은 길이의 조각들과 나무껍질을 모아 얼기설기
엮고, 나뭇가지로 기둥을 세우고 지붕을 얹혔다. 그리고는
먹이 뭉치를 잘 보이도록 앞쪽에 두었다. 손으로 무엇인가를
직접 만들고 자연과 교감하는 경험, 대체 얼마 만인지
모르겠다. 아이들만큼, 아니 아이들보다 더 신이 났다.

　　　창가에 놓아두고 다시 새 친구들을 기다렸다.
　　　처음 몇 번은 염탐하러 와서 잠깐씩 머물다 떠나던
　　　녀석들이 조금씩 머무르는 시간을 늘린다.
　　　혼자 혹은 둘이 와 머물고 가기도 한다.
　　　어느 도시에서나 잘 지낸다는 박새들이다.
　　　그 사이 창문 밖 나무 위에서 참새가 지저귄다.
　　　한국에서 늘 보던 새를 베를린에서 만나다니,
　　　이렇게 반가울 수가! 너희들도 이곳에서 머물다 가렴!
　　　세상은 넓지만, 이렇게 하나다.

디커랑 오니랑

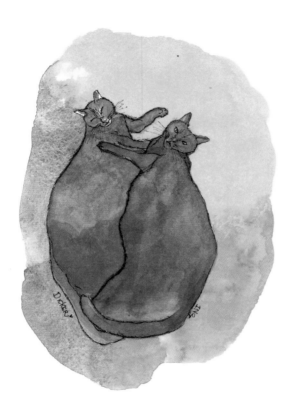

독일 생활 초기, 준비 없이 떠나온 대가를 호되게 치렀다.

악명 높은 독일에서의 집 구하기는 현실이 되었다.

장기체류 비자를 받기 위해서는 거주지 등록이 필요했지만,

나는 한 집에 오래 머물 예정이 아니었기 때문에 마땅한 집을
찾기가 어려웠다. 까다로운 독일의 집주인들에게 거주지 등록
허가를 받으며 단기간 거주할 집을 찾는 것 하늘의 별따기와
같았기 때문이다. 도착하고 한 달쯤은 이 동네 저 동네 집을 보러
다니는 것이 일이 되어버렸다. 최근 베를린이 핫한 도시가 되면서
괜찮은 지역은 대기 세입자들이 줄을 서고 있었다.
집 구하기에 지쳐갈 무렵, 한인 유학생으로부터 면접을 보러 오라는
메시지가 왔다. 실낱같은 희망으로 그의 페이스북 프로필을
살피다 보니 나의 페북 친구들과 겹치는 것이 아닌가?
알고 보니 몇 다리만 건너면 알 수 있는 지인의 인맥이었다.
우연인지 필연인지 모르지만, 난 다행히 면접에 성공했다.
그런데 한 가지 조건이 있었다. 반려묘들과 공동생활을 해야
한다는 것. 그것이 중요한 조건 중 하나란다. 이것저것 가릴
처지가 아닌데다가, 반려묘들과의 경험을 쌓을 좋은 기회이기도 했다.
길고 긴 집 구하기와 디커, 오니와의 만남은
이렇게 운명적으로 성사되었다.

디커는 내성적이었다. 방으로 슬며시 들어와서 조용히 놀다가
잠잘 즈음에 스르륵 사라지던 아이. 반면 오니는 애교 넘치는
장난꾸러기였다. 내 시선과 손길을 원하고 늘 함께 놀고 싶어 했다.
그렇게 한창 정이 들어가던 어느 날 밤, 사건이 터졌다.
어쩌다 열린 현관문 사이로 말괄량이 오니가 사라져 버린 것이다.

오니의 생애 첫 탈출이었다.

야심한 밤, 사색이 된 동거인과 오니 찾기 대작전이 벌어졌다.

혹시나 싶어 집 안 구석구석을 샅샅이 뒤졌지만 허사였다.

한 번도 문 밖을 나가본 적이 없다는 아이가 대체 어디로 갔단 말인가?

아찔했다. 제발 집 안 어딘가에 숨어 있기만을 바라며 문밖을 나섰다.

그때 먼저 뛰어 내려가던 친구의 짧은 탄성이 들렸다.

다행히 바로 아래층 집 문 앞에서 쪼그리고 있던 오니를 발견한 것이다.

막상 집을 나섰지만 멀리 가지 못하고 발길을 돌렸던 모양이다.

5층 건물에 비슷한 현관문이 계속되니 집을 찾기 난처했을 것이다.

호기심에 가득 차 떠났던 미지의 세계가 아직은 오니에게 버거웠겠지.

동거인과 나는 가슴을 쓸어내렸다.

그 이후로 오니는 한동안 잔뜩 긴장한 채 주눅이 들어 지냈다.

나는 낯선 외국 생활에 집을 구하러 다니며 주눅 들었던

내 신세를 보는 것 같아 오니가 더 애처로웠다.

내 침대에 털을 잔뜩 떨구고 가서 다소 귀찮아했던 것이

미안하기까지 했으니까. 깊은 밤, 잠깐의 해프닝으로

싱겁게 끝이 났지만 천만다행이었다.

해피엔딩이라서.

#베를린 #반려묘
#생애첫탈출
#디커와오니

아이들이 있는 놀이터 —————

#놀이터

#아이들

#봄의신호

아침부터 창밖으로 아이들의 웃음소리가 들려왔다.

내다보니 아이들 한 무리와 부모들 몇몇이 놀이터에 나와 있었다.

드디어 긴 겨울이 지나갔구나 싶어 그 소리가 마치 봄을 부르는

소리처럼 들렸다. 아이들의 맑은 소리로 꽉 찬 놀이터가 싱그럽다.

나무로 만든 놀이터

하노버 시내를 걷다가 마음에 쏙 드는 놀이터를 발견했다.

나무 재질의 놀이기구는 모든 기둥이 곡선이었고

부드러운 톤의 삼원색이 어우러져 있었다.

도시 공간의 사물이 곡선을 품고 있을 때 얻는 감성은

가우디의 카사밀라를 볼 때만큼 신나는 일이다.

뜻밖의 곡선을 놀이터에서 만나고 나니,

이 도시가 새롭게 보인다.

#하노버
#나무놀이터
#사물의곡선

놀이터의 재발견

#니스

#동화속놀이터

니스에는 수많은 관광객이 찾는 해변만큼이나
멋진 놀이터가 있다. 마치 한 편의 동화 속에 들어간 것 같은,
엄청나게 넓은 공간에 창의적인 놀이 기구들이 있는 곳이다.
온갖 물고기들과 돛단배 놀이 기구가
넓은 바다 잔디를 헤엄치고 있다.
수많은 놀이 기구 안팎으로 아이들은 에너지를 다해 뛰논다.
이런 경험이 훗날 아이들에게 어떤 기억으로 남게 될까?
어릴 적 기억은 관계 맺기에서 시작된다. 사람과 사물,
혹은 자연과도 그러하다. 왠지 이 놀이터는 아이들에게
강렬한 첫 기억을 줄 수 있을 것 같다.

초록과 노랑의 도시

#헬싱키   #환경교육   #가을여행   #색의도시

늦가을의 헬싱키를 방문했다. 덴마크 코펜하겐에 있는
오랜 친구를 만나기 위해서다. 교육 대학의 교수인
친구 덕분에 그 지역의 환경 교육을 직접 경험해 보기로
약속하고 서둘러 길을 나섰다.
핀란드와 스웨덴을 거쳐 덴마크로 들어가기로 하고
길을 나섰는데 이미 해가 짧아져 계획을 변경해야 하나
망설여졌다. 하지만 망설여질 때는 역시
떠나고 보는 것이 답이다.

내게 헬싱키는 색깔로 기억될 것 같다.
처음에는 그저 아름답다는 느낌, 무엇보다
자연과 참 잘 어우러진 도시라는 느낌이었다.
그러다가 문득 색이 선명하게 와 닿기 시작했다.
자전거와 자전거 스테이션, 트램에 이르기까지
초록과 노랑으로 어우러져 있었다. 게다가 늦가을의
나무들은 초록에서 노랑으로 옷을 갈아입고 있었다.
도시가 일관된 느낌의 색들의 변주로 일렁인다.
건물은 은은한 아이보리 색, 다른 사물의 색도 튀지
않으면서도 자연과 잘 어울리게 디자인되어 있었다.
수수께끼 같던 도시와 자연의 어울림의 마법은
헬싱키에서 3일 정도를 지낸 후에야 풀렸다.
물론 도시 계획의 의도와는 상관없는
'내 마음대로 느껴보기'의 맥락에서 말이다.

헤게, 대안학교

#브레덴스보르   #덴마크포크하이스쿨   #협동조합

#지속가능성   #대안학교   #행복사회

덴마크에는 60여 개 정도의 포크하이스쿨^{Folk high school}이 있다.
학생들이 고등학교를 졸업한 후 사회에 진출하거나
대학 진학을 하고도 다양한 분야에서 경험을 쌓고
자신의 꿈을 찾아가도록 돕는 학교들이다. 대개는 뜻이
맞는 사람들이 모여 협동조합 형식으로 학교를 만들고,
주 정부에서 절반 정도의 학비 보조를 하는
비인가 개념의 학교이다.

이곳에서는 청소년들이 본격적인 사회 진출을 하기 직전의
시기에 국제적인 이슈, 사진, 저널리즘, 영화, 문학, 예술 등
다양한 과정의 테마반에 3~4개월 정도 참여한다.
함께 탐구하고 여행하고 토론하는 과정에서 영감을 얻으면,
학생들이 각자 자기 지역에서 할 수 있는 일들을 수행하는
과정을 거친다. 일반인들을 위한 일주일 수업 과정도
개방되고 있다고 한다.

청년이 될 무렵, 졸업 후의 진로를 고민해야 하는 시기에
갖게 되는 부담감 대신 자신의 꿈에 대한 답을 친구들과
함께 지혜롭게 찾아 나가는 것이다. 꿈을 찾아 나가는
다소 험난한 과정을 헤쳐 나가도록 응원하고
함께 고민해 주는 사회. 춥고 우중충한 겨울을
다른 나라보다 길게 겪어야 하는 나라임에도 세계에서
가장 행복한 국가라는 명성이 유지되는 이유 중의 하나가
바로 이런 교육 문화가 아닐까 하는 생각이 들었다.

포크하이스쿨 과정에는 자급자족 활동과 더불어 건강한 먹거리 유통과
소비 생활에 대한 내용도 포함되어 있다. 공동생활에 지속가능한
생활방식이 자연스레 녹아 있는 것이다. 선진국의 앞선 시스템을
오랜 인연의 덴마크 친구 덕에 경험할 수 있었던 여정이었다.

버스를 기다리는 사람들

시내로 이동하기 위해 버스를 기다리다 보니,

건너편 버스 정류장의 사람들 행렬이 꽤 길다.

세어 보니 꼭 스무 명. 그런데 그들은 모두

같은 방향을 향해 서 있다.

무심코 바라보다가 저마다의 자세가 재미있어 관찰하다 보니

시간 가는 줄 모르겠다. 같은 방향을 향해 있으면서도

제각각 다른 포즈를 취하고 있는 사람들.

일정한 거리 두기도 신기하다. 아마 지금 저마다

생각의 바다를 헤엄치고 있겠지?

그리고 그렇게 흩어지고 또 어느 순간 그렇게 모여들겠지?

#리스본   #버스정류장   #다다른게좋아

공동 빨래터

리스본에서 역사가 가장 잘 보존된 마드라고아^{Madragoa} 구역.

수 세기가 동시에 존재하는 듯한 리스본의 모습이다.

어느 동네 골목길에서 공동 빨래터를 만났다.

심지어 나무 빨래판까지. 어린 시절 냇가에 동네 언니들을 따라

나들이처럼 빨래하러 가던 추억이 문득 밀려든다.

오늘 또 한 번 과거로의 여행을 떠난다.

#리스본　#마드라고아　#공동빨래터

빨래가 널린 창문

길을 걷다 만난 풍경, 빨래가 널린 창문.

'우리 잘 지내요'라고 이웃에게 말을 건네는 것 같아 정겹다.

이곳의 어반스케쳐말로는 끝없이 이어지는 오르락내리락

골목도, 이런 빨래가 널린 풍경도, 좁고 가난한 동네이기 때문에

생긴 경관이란다. 그런데 그 경관이 사랑받기 시작하면서

오래된 아름다움을 지지하는 사람들이 많아졌고, 그로 인해

이 동네가 유지될 수 있었다고 한다.

이른 아침, 숙소 창 너머로 가장 먼저 보인 것은
건너편 빌딩 창문을 수놓은 빨래들이었다. 나란히 나란히
형형색색으로 걸려 있던 빨래들. 유럽에서는 볼 수 없었던
낯선 풍경들이 다른 한편으로는 삶의 적나라함을
보여 주는 것 같았다. 창밖으로 빨래를 너는 이유가
촘촘히 들어선 건물들로 인한 일조량 부족 때문인지,
비좁은 집안 공간 때문인지는 모르겠으나
지역민들의 생활을 가깝게 보는 것 같아 꽤 정겨웠다.
오래된 것을 지키려는, 공간재생을 지향하는 재개발업체의
로고가 눈에 띄기는 했지만, 실상은 어떤 것일지 궁금해졌다.
"여기 사람들은 어떤가요. 오래된 것을 지키고 싶어 하는
것인가요, 아니면 그냥 자연스러운 일상인 건가요?"
망설임 없는 대답이 돌아왔다.
"가난함 때문이죠."
가슴 속에 무언가 묵직하게 뭉치는 기분이 든다.
그 이유가 어떻든 이 정겨운 시간과 공간 속에서
나 같은 여행자들이 함께 숨쉬고 있다.

#리스본　#동네풍경　#오래된것이아름답다　#여행자의시선

거리의 피아노

긴 여행길에서는 때로 '여행'이 '일상' 같을 때 더 특별해진다.
피아노를 치며 쉬어 가는 청년과 긴 여행 속 쉬어 가는
여행자 사이의 공기를 스케치북에 담아 본다.

선택, 계단과 문

#칸   #칸의골목   #계단과문   #선택의순간

앞으로 나아간다는 건

수많은 선택을 한다는 것, 그리고 그 선택에

책임을 진다는 것.

계단을 오를까, 저 문에 들어설까⋯⋯

어떤 선택이어도 좋다.

의미 없는 경험은 없다.

긍정과 행복의 상징, 노란 우체통

칸, 프랑스

#칸

#남프랑스

#노란우체통

#도시의색

모든 거리가 아름다운 남프랑스.

칸의 거리를 걷다 보니 노란 물체가 눈에 들어왔다.

수채화를 그리기 시작하니, 도시의 인상이 색채감으로

읽히고 기억되는 경우가 많아졌기 때문일지도 모르지만

유럽의 도시는 유독 노란색이 많이 보인다.

노란 우체통. 노랑 우체통.
소리 내어 읽어 보니 어감마저도 색과 닮은 것만 같다.
이 도시가 노랑과 어울리는 것처럼.
오랜 시간 예술 친화적인 문화를 만들어 온 유럽의 도시들은
자연과 어우러지는 색에 대한 고민도 늘 함께 해 온 것 같다.

한 도시를 이루는 색의 통일감과 균형감, 명도와 채도에
따라 도시를 다채롭게 느낄 수 있다.
독일의 우편물 취급소도 이런 노란색이었다.
그냥 지나치곤 했는데 이곳에서도 같은 색을 마주하고
보니 문득 색의 의미가 궁금하다.
검색해 보니 꽤 많은 나라가 긍정과 행복을 상징하는
노란색의 우체통을 사용하고 있었다.
독일과 프랑스, 스웨덴, 스위스 등은 노란 우체통을,
중국과 아일랜드는 균형과 평화를 상징하는
초록색 우체통을, 우리나라와 영국, 일본, 덴마크,
네덜란드와 캐나다는 열정과 사랑을 상징하는
빨간 우체통을 쓰는 나라이다.
이렇듯 색은 문화의 한 부분을 상징적으로 보여 주는
훌륭한 매개체가 되어 준다.

오래된 도시와 트램

골목길에서 마주치는 노란색 트램.

포르투갈의 리스본 하면 떠오르는 풍경이다.

여행 좀 해봤다는 여행자들이 최고의 여행지로 꼽는

이 나라, 이 도시의 매력은 무엇일까?

베를린에서 프랑크푸르트, 취리히와 루체른,

마르세유와 칸을 거쳐 내려오는 제법 긴 여정을 마무리할 때쯤

리스본이라는 한 도시가 마음을 잡아끌었다.

여독을 풀어야 하는 기간이었지만 이번에는 몸보다 맘이 우선.

그래서 나는 무엇에라도 홀린 듯

리스본의 언덕길 한가운데에 서 있었다.

사실 경관으로만 친다면 특별히 새로울 건 없다.

해외여행도 어렵지 않고, 매체를 통해서도 어디든 구경할 수 있다.

그런데 그런 생각들을 품고 살다가도 막상 이렇게 길 위에 서면

마음이 달라진다. 제아무리 첨단 기술의 시대라고 할지라도

화면이나 가상 현실로는 절대 담을 수 없는,

살아 있는 경험으로서의 여행은 늘 깊은 감동을 준다.

그래서 늘 또 다른 여행에 대한 그리움을 간직하고 사는 것이 아닐까.

여행의 미덕은 미지를 향해 다가서는 것, 상상이 현실이 되는 경험,

'할 수만 있다면' 그리워할 것을 남겨 가는 일이다.

리스본은 그렇게 불현듯 그리워지는 그런 곳이다.

유럽에 머무는 동안 인근의 도시에서
올라오는 어반스케쳐들의 소식을
종종 접한다. 이곳의 스케쳐들은
국경과 관계없이 도시를 넘나들며
어반 스케치를 즐기고 있었다.
그중에서 단연 눈에 띄는 곳,
스케쳐들이 가장 애정하는 곳 중
하나가 바로 포르투갈이다.

나는 이곳에서 한나절을 지내기도 전에 왜 그렇게
많은 이가 이 도시를 담고자 했는지 알 것 같았다.
리스본의 구도심 중 가장 인상적인 모습은
좁고 긴 골목길이다. 끝도 없이 이어질 것 같은
골목길을 걷다 보면 참으로 많은 상상을 하게 된다.
다음 골목에서는 어떤 색의 대문을 만날까? 이 골목은
어떤 방향으로 연결될까? 상상과 의문이 마치 내가
걷고 있는 골목길처럼 꼬리에 꼬리를 물고 이어진다.
골목길마다 빠르게 드로잉을 하며 걷다 보니
한나절이 금방 지나갔다.

한 레스토랑에서 식사를 마친 후 나서려는데 레스토랑 주인이
저녁에 열리는 파두^{Fado}(포르투갈 대표 민속 음악) 공연에 나를 초청했다.
흔쾌히 수락하고 저녁에 다시 오니 고맙게도 맨 앞의 테이블을
내어 주었다. 그러니 자연스럽게 스케치북을 펼칠 수밖에!
요령껏 드로잉하며 공연을 즐기다 보니
파두는 트로트와 닮아 있다는 생각이 들었다.
정과 한, 쓸쓸함과 열정이 파도처럼 밀려든다.

사실 거대한 도시 안에서 오래됨의 미학을 느끼는 것은
쉬운 일이 아니다. 굽이굽이 이어지는 이 오래된 골목들을
그들은 어떻게 유지했을까? 지역민의 말을 들으니 처음에는
가난해서 그대로 쓰던 건물들인데, 지금은 너무 많은 여행자가
이 모습을 사랑한다고 했다. 지역민들은 이 아름다움을
지켜 내야 한다는 사명감과 책임감을 느끼게 되었으리라.
덕분에 함부로 개발할 수 없게 된 것이다. 결국 지역민과
이방인이 함께 이 온전한 아름다움을 지켜낸 셈이다.

가끔 여행지를 추천해 달라는 친구들에게 목적이나 취향에
맞는 곳을 추천해 주곤 한다. 하지만 지금,
진정한 여행을 꿈꾸는 여행자들을 위해
단 한 곳만 추천해야 한다면
주저 없이 난 리스본을 꼽을 것이다.

#리스본

#오래된도시

#노란색트램

아인슈타인과 함께 앉는 벤치

#베른 #장미정원 #겨울풍경 #아인슈타인벤치

새해가 되고 영상의 온도를 알리는 일기예보가 있던 날,
추위가 사그라든 틈을 타 기차로 한 시간이면 도착하는
스위스 북부의 베른으로 향하는 기차표를 예약했다.
그런데 아뿔싸! 가는 날이 장날이라지.
도심 집회로 트램 운행이 중간에서 중단되어 있었다.
이유도 모른 채 내려 다음 트램을 기다리다가
결국은 기차를 한 대 놓쳐버렸다.

결국 점심이 지나서야 베른에 도착하였고, 해가 짧은 시기인지라
가 보려고 했던 미술관과 박물관을 리스트에서 지웠다.
도시를 한눈에서 내려다 볼 수 있는 장미 정원을
1차 목적지로 정하고, 그곳에서부터 서서히 도심 쪽으로
내려오는 코스를 선택했다.
버스를 타고 언덕 위에 있는 장미 정원 앞에 내리니
장미 정원의 전망대를 향해 쭉 뻗은 나무 숲길이 펼쳐졌다.
키 큰 나무들 사이로 내리쬐던 햇살만큼 내 마음도 쨍해진다.
눈 덮인 베른의 아름다운 풍경. 미술관에서나 보았던 풍경이
눈앞에 거짓말처럼 펼쳐져 있었다.

아름다움이 길게 흐르면 그림의 구도를 잡기가 어렵다.
마침 벤치가 하나 있어 쉬어 가기로 했다.
벤치에는 아인슈타인 조각상이 앉아 있었다.
비수기라 문을 닫아 아쉬웠던 아인슈타인 생가 대신이라
생각하니 괜히 반가웠다. 자신의 마을에서 나고 자란
영웅들을 이런 방식으로 자랑하는 것도 나쁘지 않다.
도시의 절경을 뒤로 두고 아인슈타인과 나란히 앉아
사진 한 장 남기는 것, 아인슈타인의 환영 인사인 셈이니까!
흠. 그나저나 수채화 요놈, 만만치가 않다.
하얗게 눈 덮인 도시를 표현하고 싶었는데,
내 뜻과는 상관없이 칙칙한 도시가 되어버렸다. 어렵다!

감성 안내표지판

#베를린

#브리츠가르텐

#도시공원

#감성표지판

브리츠 가르텐 공원. 눈부시게 아름답고

여유롭고 평화롭고 우아했던……

덧붙일 수식어가 부족한 곳.

베를린의 수많은 도시공원 중에서도 기억에 남은 곳,

도시에 사는 즐거움을 격하게 누리게 해 준 곳,

공원의 안내표지판조차도 감성을 헤집어 놓던 곳,

그중에도 가장 반가웠던 WC 사인.

공원은 넓었고, 화장실은 멀었다.

자연보호 안내표지판

#베를린   #자연보호안내표지판   #새벽드로잉

무엇이든 신기했던 베를린의 첫 시내 탐방 때 찍었던
사진 중에 자연보호 안내표지판이 있다. 그 후로
도시공원에 갈 때마다 종종 볼 수 있었던 안내판.
자연을 위해서는 사람도 애완동물들도
지켜야 하는 약속들이 있다.

시차 적응이 지독히 안 되는 새벽엔 드로잉.

해가 나오는 날에는

#베를린   #베를리너   #일광욕   #공유공간

베를리너의 아침은 텁텁한 빵과 버터로 시작된다.

그 다음은 일기예보 검색. 해가 난다는 '기쁜' 소식을 보면

곧바로 야외 활동 장비를 챙긴다.

방과 후 오후가 되면 나들이 준비로 분주해진다.

집을 나서서 얼마쯤 걸으면 길은 도시의 숲으로 이어진다.

산책하고, 야외 놀이를 즐기고, 책을 읽기 좋은 공원들이

꽤 많다. 조금 더 멀리 나가면 도심 한복판에서도

길을 잃을 대비를 해야 할 정도로 넓은 공원들도 있다.

볕이 좋은 날이면 여기저기 일광욕을 즐기는 시민들이

잔디를 수놓는다. 해가 짧아 우울한 겨울을 지낸 사람들에게

주어지는 보상이다. 반려견이나 연인과 함께인 사람들,

자녀나 손주와 함께인 사람들도 보인다. 물론 혼자만의

사색을 위해 공원을 찾는 사람도 있다.

유럽의 공유공간은 참으로 다양하다.

광장, 공원, 정원, 박물관, 놀이터, 농장.

가족들과 함께할 수 있는 아이들을 위한

놀이 공간들이 쉽게 눈에 띈다.

그래서 그들의 야외 활동은 다양하다.

여행자의 상상

#튀빙겐
#여행자의상상
#일상의발견

'튀빙겐의 아침 거리.
얼마 전에 분갈이하고
잘 자리 잡은 화분이 기특해
친구에게 선물려고 마음먹고
친구가 운영하는
카페로 가는 길.

주말 핸드메이드 공방 모임에서 만났던 이웃을 마주쳤다.
밤사이 냥이의 배앓이가 멈추었는지 묻고,
모임 때 맛본 수제 바질 페스토 레시피 이야기로 옮겨간다.
그렇게 시작된 수다가 길 위에서 한동안 이어진다…….'

친구를 기다리다가 길 위에서 수다를 떠는 현지인들의
모습을 보며 떠올린, 여행자의 상상이다.
누군가의 일상이 여행자에게는 특별한 무엇이 된다.

흔한 풍경

#하노버 #도시공원 #흔한풍경

너른 나무 그늘에서 맞이한 오후 한때,

사무실 노동자로 살아가다 보면 간혹 꿈꾸는 이런 장면.

이곳에선 흔한 이 풍경을 마주하노라면

시간이 멈춘 듯, 마음속 그리움으로 저장.

자연 속 브런치

매일 아침 꿈꿨던
아침을 살게 한 곳.

싱그러운 아침 햇살에 못 이겨 느지막이 일어나
집 근처 가까운 거리에 있는 근사한
보태니컬^{botanical} 가든으로 걸어간다.
그곳에서 생산된 신선한 야채가 가득한
샐러드로 브런치를 즐긴다.

날마다 꿈꿔볼 만한 일이
꿈이 아니라서 참 좋았다.

#예테보리　　#보태니컬가든　　#꿈은이루어진다

스케치하는 청년

유럽의 거리에서 만났던 특별한 장면 중 하나는
종종 만나게 되는 거리 스케쳐들의 뒷모습이다.

유난히 더운 여름,
뜨거운 햇빛 아래 자전거를 세워 둔 채
드로잉하는 청년의 뒷모습을 그냥 스쳐 지나갈 수 없었다.
그의 뒷모습을 바라보며 잠시 길을 멈췄다.
그의 눈길을 따라 나의 시선도 이동한다.
늘 그렇듯 여행 스케쳐가 바라보는 곳은
한 번 더 마음에 담게 된다.
바삐 움직이는 손의 움직임을 보고 있노라면
저 청년은 어떻게 대상을 표현할까 궁금해지기도 한다.
그 맛과 멋을 아는 스케쳐를 훔쳐보는 일은 신나는 일이다.

#함부르크
#어반스케쳐
#거리드로잉

끊어진 다리

#아비뇽   #생베네제다리   #아비뇽다리

파괴와 재건을 반복했지만

결국은 끊어져 버린 아비뇽 다리.

다리를 건널 수 없게 되자 사람들은 배를 이용해

강을 건너기 시작했다.

점차 시간이 흐르면서 다리는 관광 명소로 탈바꿈했다.

이제는 건너는 다리가 아닌

잠깐 쉬었다 되돌아가는 다리가 되었고

다리를 찾는 행렬이 이어지고 있다.

다리의 끝에 선 사람들이 손을 흔들면

건너편 강가를 따라 걷는 사람들도 손을 흔들며 화답한다.

멈춤이 때론 새로운 소통으로 나아가게도 한다.

생 베네제 다리(Saint Benezet Bridge)

프랑스 론강에 있는 끊어진 다리로, 아비뇽 다리라고도 불린다. 12
세기 무렵 양치기 소년 베네제가 다리를 지으라는 신의 계시를 받
아 만들어졌다는 전설이 전해져 온다. 17세기에 강이 범람하면서
22개의 아치 중 4개를 제외하고는 모두 무너졌다. 지금은 4개의
교각과 생 베네제를 기리는 생 니콜라 예배당만 남아 있다.

자연의 소리를 담은 암석교회 헬싱키, 핀란드

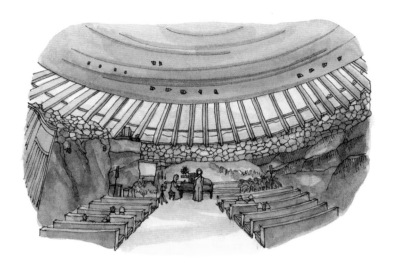

헬싱키에서 명소로 꼽히는 곳 중에 암석교회가 있다.

북유럽에서는 장엄한 가톨릭 성당 대신 깔끔하고 단정한 분위기의

자그마한 개신교 예배당을 찾는 재미가 있다.

도심에서 가까워 헬싱키의 단골 명소가 된 이 교회는 규모가 크지 않다.

게다가 밖에서 보면 큰 바위와 그 위로 자리 잡은 이름 모를 풀밭이

보일 뿐이다. 그런데 입구에 들어서면 돌담 위로 얹어진

아치 모양의 나무 기둥 사이사이로 하늘의 빛과 자연의 소리를

담아내는 탁 트인 예배당이 나온다.

그곳에서는 여행자와 예배자들을 위한 작은 음악회가 수시로 열린다.

자연을 있는 그대로
담아내는 암석교회의
외곽을 돌아본다.

자연의 모습 그대로를 존중하며 지어진 교회의 돌담을 따라 걷는다.
한쪽 구석에 피어난 들꽃을 보니 '들풀까지도 먹이시고 입히시는
하나님'이라는 성구가 떠오른다. 생명력을 담기에 얼마나 좋은 곳이랴.
그 고귀한 생명력을 그림으로 표현해 보고 싶었는데 역시나 어렵다.

템펠리아우키오(Temppeliaukio) 교회
1969년 수오마라이넨 형제의 설계로 자연에 있던 화강암반을 깎고 파내 만들어 '암
석의 교회Rock Church'라고도 불린다. 천장과 연결된 벽면 위에는 180개 유리창을
달아 자연 채광이 그대로 들어올 수 있도록 처리하여 돌과 바위, 햇빛 등의 자연의 소
재를 가장 잘 활용한 건축물로 평가받고 있다. 디자인과 건축의 도시 헬싱키에서 꼭
가봐야 할 명소로 통한다.

오래됨과 첨단

함부르크, 독일

#함부르크 #오래됨과첨단

물과 뭍이 한눈에 들어오는

함부르크 란둥스크뤼켄의 전경.

숲, 시가지, 인도, 기찻길, 차로, 선박, 물길까지

여러 종류의 길 너머로

첨단의 세상이 한눈에 들어온다.

세상 모든 곳의 과거와 미래로 통할 것만 같은

함부르크의 매력이다.

지금 이 순간

#니스

#꿈꾸던순간

#시공간공유

꿈을 꾼다.

언젠가는 꼭

가 보고 싶은 곳에

서서 그 순간을

느끼는 꿈.

니스의 어느 공간에 서서

지금 이 순간 시공간을 공유하고 있는

낯선 우리를 느껴 본다. 그게 길 위여도 좋고,

어느 구석 모퉁이여도 좋고, 광장이어도 좋다.

암석교회 한쪽 구석에 피어난 생명

삶을 대하는 자세만큼
죽음을 대하는 방식은
그 사회의 성숙도를 엿보게 한다.

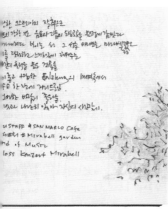

신선한 바람이 좋은 날.
오랜 벗과 나란히 앉아 거리 드로잉.

3

하다

느리게

흐르는

자연

드로잉

베를린의 동네 책방 ———————————

집에서 한 블록 떨어진 골목을 걷다가
해 질 녘 아름다운 풍경에 발길을 멈췄다.

베를린 곳곳에서 열리는 벼룩시장에서도,

미술관으로 가는 길가에서도, 동네 책방에서도,

누군가의 손길을 거친 흔적이 있는 책을 만나는 일은

어렵지 않다. 켜켜이 쌓인 오래된 책들이 새로운 주인을

만날 수 있을까 괜한 걱정을 하며 둘러보니,

꽤 많은 사람이 책방 안팎을 차지하고 있다.

오래되고 낡은 것들이 사랑받는 아날로그 세상이

더 지속되면 좋겠다는 생각이 들었다.

그러다 문득 책방의 밖에 놓인 책 가판대에서

한국을 소개하는 영문 책자를 발견했다.

외국인들에게 한국은 어떤 모습으로 소개되고 있을까?

궁금해서 제법 두꺼운 책을 샀다.

외국인의 눈에 비친 우리나라의 모습이 좀 어색했지만

베를린의 작은 동네 책방에서 이 책을 만났다는 것,

그 인연만으로도 충분히 설레었다.

플라스틱 없는 가게

베를린, 독일

#베를린 #쓰레기 #플라스틱
#크로이츠베르크 #플라스틱없는가게

전 세계 곳곳에서 골칫덩어리가 된 쓰레기와 플라스틱.
우리의 일상에서 과연 플라스틱 없는 생활이 가능할까 싶을
정도로 비닐과 플라스틱 포장의 소비는 어마어마하다.
베를린의 크로이츠베르크에 있는 플라스틱 없는 가게.
이 가게는 지속가능한 삶을 실천하려는 사람들에게
조금씩 알려지면서 이제는 명소가 되었다.
지난해 쓰레기 대란이 났을 때 한국 언론에서도 여러 번
소개한 곳이다. 요즘 우리나라에도 이런 종류의
실험적인 가게들이 생겨나고 있어 반가웠기에
그 출발이 되었다는 가게를 찾아갔다.

이곳은 연수 프로그램을 정기적으로 운영할 정도로
꽤 관심이 두터워진 곳이다. 내가 찾아간 날이 평일
낮이었는데, 내가 머무는 동안에도 끊임없이 사람들이
찾아오고 활기가 넘쳐 보여서 나도 덩달아 신이 났다.

가게는 두 개의 공간으로 나뉘어 있었고 생각보다
작았다. 한 공간에는 다양한 종류의 식료품이 있었는데,
식용유나 세제 등의 액체류는 가져간 용기의 무게를
뺀 만큼을 측정해 금액을 지불하는 것이 인상적이었다.

이 가게의 목적은 좀 더 많은 사람이 지속가능한 미래를
위한 작은 실천을 할 수 있도록 돕는 것이다.
지구를 위해 우리가 각자의 자리에서 할 수 있는,
작지만 위대한 행동을 하는 곳.
인간의 못 말리는 소비 생활 속에서 적어도
영혼만큼은 구해 주는 곳이 아닐까 싶다.

그림을 그리고 인스타그램에 올렸더니
가게에서 공유해도 되는지를 묻는
메시지가 왔다. 당연히 오케이!
내가 올린 소식에도 하루 만에 천 명이
'좋아요'를 눌렀다. 자그마한 가게를
팔로잉하는 사람들이 이렇게나 많다니
참 놀라운 세상이다.

이 가게와 같은 흐름에 영향을 받아 최근 우리나라에도
포장 없는 가게, 플라스틱 없는 가게들이 많아졌다.
정말 반가운 일이다.

> **오리지널 언페어팍트(Original Unverpackt)**
>
> 독일 베를린에 있는 패키지 프리Package Free의 프리사이클링Precycling 슈퍼마
> 켓이다. 언페어팍트Unverpackt는 독일어로 '포장되지 않은' 이라는 뜻으로 쓰레기
> 양을 줄이거나 재활용하는 것이 아닌, 처음부터 아예 쓰레기를 만들지 않는다는 프
> 리사이클링의 콘셉트를 가지고 있다. 소비자들이 직접 물건을 담아 갈 용기나 통을
> 준비해 가는 시스템이다.

시민에게 돌아온 광장

긴 겨울을 이겨 낸 중학생 가온이가 아침 일찍 일기예보를
확인하더니 환호성을 지른다. 서둘러 아빠에게 선물
받은 분홍색 신발 끈이 예쁜 롤러스케이트를 챙긴다.
야외 활동과 자연을 좋아하는 활발한 성격의 가온이는
어릴 적 부모님의 유학길에 따라와 이제 독일 생활
10년 차이다. 얼마 전에는 베란다에 놀러 오는 새들을
맞이하기 위한 '새집 만들기 프로젝트'를 함께하기도 했다.

오늘의 목적지는 템펠호프 공원^{Tempelhofer Feld}. 이곳은 사실
십 년 전 폐쇄된 공항인데, 정비를 거친 후 시민들을 위한
드넓은 공원으로 재탄생한 곳이다. 시민들의 긴 논의와
투쟁으로 지켜낸 소중한 공간이란다. 대도심 한복판에
그 너른 공간을 온전히 시민들의 나들이 공간으로 남겨둘 수 있다니
우리가 꿈꾸기는 쉽지 않은 사례이다.

나도 얼른 간식을 챙겨 가온이와 가온이 친구들을
따라나섰다. 광장에는 보드와 바이크를 비롯해
각종 탈것과 놀 것들 천지이다. 바다에서나 본 것 같은
기상천외한 탈것도 보인다. 한쪽 편에는 가족과 친구들의
바비큐 파티가 한창이다. 서너 살 된 꼬마들부터
어른들까지 너른 공간을 마음껏 즐기고 있었다.
누구나 한 번쯤 해보고 싶었던 야외 활동을 마음껏
할 수 있을 만큼 자유롭고 넓다. 가온이와 친구들이
지칠 줄 모르고 롤러스케이트를 즐기는 동안
벤치에 앉아 펜과 종이를 꺼냈다.

선물 같은 일기예보가 있는 이번 주에는 광합성을 충분히 해야지!
햇볕의 소중함을 절로 알게 하는 유럽 생활이다.

#베를린   #템펠호프공원   #시민광장   #광합성

마우어파크 벼룩시장 —————————— 베를린, 독일

#베를린   #마우어파크   #벼룩시장   #플리마켓

베를린은 넓고 크다.
유럽에서 아름답다고 소문난 곳들은 구경거리들이
옹기종기 모여 있어 하루만 여행해도 감탄사를
내뱉게 된다. 그런데 베를린은 다르다. 짧은 기간 머무는
여행자들에게 그런 매력을 선보이기엔 너무 거대하다.

10개월의 유럽 여행 기간 중 5개월을 베를린에 머물며
나름 바지런히 휘젓고 다녔지만 아직도 일부만 본
느낌이다. 면적은 서울보다 1.5배 넓지만 인구는
서울의 3분의 1 정도이다. 그러니 베를리너들은 우리보다
4배 정도 넓은 공간에서 생활하는 셈이다. 게다가
그 넓은 공간의 대부분을 숲이 차지하고 있으니,
평소에 인파를 체험하는 경우는 많지가 않다.
이런 베를린에서 생활하면서 '아, 여기도 사람이
많은 도시였지!'라고 생각하게 된 첫 번째 장소가
바로 마우어파크^{Mauerpark}였다.

베를린에서는 주말마다 다양한 벼룩시장이 열린다.

처음 보는 기이한 물건부터 누구의 집에나 있을 법한 낡은
생활 잡동사니들로 넘쳐 나고, 무엇보다 각양각색의 사람들로
활기가 넘친다. 작은 모퉁이나 길가, 광장, 공원, 박물관 주변,
강변에서도 다양한 벼룩시장이 열린다.

베를린의 다양한 벼룩시장 중 가장 규모가 크고 소문이 나 있는
곳은 단연 마우어파크의 벼룩시장이다. 매주 일요일이면
엄청나게 큰 규모의 가판이 펼쳐진다. 군중 속에서 걷다가
지칠 때쯤에는 공연을 볼 수도 있다. 공원의 여기저기에 있는
언덕 위에서는 크고 작은 규모의 공연이나 버스킹이 벌어진다.
그간 보기 힘들었던 베를린의 시민들이 공원과 광장에서
무리를 지어 주말의 여유를 즐긴다. 베를린이 멋진 도시라고
느끼게 되는 순간이다.

다양한 커뮤니티 공간, 시민 공간이 시민들에 의해
만들어지고 지켜지고 있다는 것을 확인할 수 있다.
오래된 것을 문화와 예술로 늘 곁에 둘 수 있는
그들의 지혜가 느껴진다.

여러 벼룩시장 중에서
내가 가장 좋아하는 곳은
티어가르텐 인근의 주니 플리마켓Juni Flea Market이다.
규모는 작은 편이지만 질 좋은 빈티지 물건들로
알찬 곳이라서 시간 여행을 하는 재미가 있다.
작은 테이블에 액세서리를 들고나온 청년의 열정적인
손님맞이에 감동해 만지작대다가 첫 사치품을 구매했다.
필수품 빼고는 처음으로 지갑을 열게 한
오래된 장미 귀걸이 한 쌍.
오래된 흔적까지 가치가 있는 곳.
벼룩시장에 가면 왠지 마음이 편하다.

프라이탁, 업사이클링 명품 가방

베를린, 독일

#베를린 #프라이탁 #친환경매장

#업사이클링 #친환경명품가방

"We believe in the next life of the things.
That's why we think and act in cycles and cycle."
(우리는 물건들의 다음 여정의 생명력을 믿는다.
그 때문에 우리는 순환에 대해 생각하고 행동한다.)

폐품을 명품으로 바꾸며 가치를 담는 가방이 있다.
브랜드에 대해 지독히 무지한 나는 한국에서 오는
여행자들이 찾는 곳을 따라나섰다가 친근한 브랜드를
만났다. 친환경 라이프 스타일을 추구하는 사람들이라면
알만한 브랜드 '프라이탁FREITAG'.
누구나 좋아하는 '금요일'이란 뜻이다.

프라이탁은 1993년에 탄생한 스위스의 업사이클링 브랜드로,
설립자는 스위스 취리히에 살던 그래픽 디자이너인 마커스와
다니엘 프라이 탁 형제이다. 그들은 비가 오는 날에도 스케치한
내용물을 안전하게 보관할 수 있는, 실용적이고 튼튼한 가방이
있었으면 좋겠다고 늘 생각했다. 그러던 어느 날, 창밖으로
보이던 트럭의 덮개를 보고 영감을 받아 공장에서 버려진 천막을
잔뜩 실어와 가방을 만들기 시작했다. 트럭 방수천, 버려진 천막,
안전벨트, 자전거 바퀴 튜브 등을 재활용하여 가방을 만들어 낸
그들은 이후 업사이클링 명품 가방을 만드는 브랜드를 탄생시켰다.

때로 선한 영향력의 힘은 상상 이상이 되기도 한다.

그들은 다양한 재료를 활용하며 시행착오를 거듭하고,

그 재료에 맞는 디자인을 해냈다. 재활용 종이를 이용한

네임 택 등 작은 디테일까지 살리면서 점점 더 가치를 갖는

리사이클링 가방이 탄생했다.

그들의 홍보 전략은 무엇이었을까? 자기만의 스토리를

가진 하나뿐인 가방, 환경을 생각하고 실행에 옮기는 힘.

그것이 프라이 탁 형제의 가치가 전략이 아니었을까.

그 가치에 동조하는 사람들이 그들을 알아봐 주고

그런 작은 관심들이 모여 지금의 브랜드 가치를

만들어 냈을 것이다.

생각해 보면 세상을 바꾸는 일은

지나치게 거창하거나 비장하지 않아도 좋다.

작은 변화로부터 커다란 흐름을 만들어 낼 수 있다.

작지만 선한 상상력으로부터 시작되는 멋진 일.

나로부터의 변화는

전 생애를 흔드는 힘이 될 수 있다.

판트, 재활용 환불 제도

#함부르크   #판트

#재활용환불제도   #빈병수거함

전 세계가 플라스틱으로 골치를 앓는다.

'열을 가하면 물러져 원하는 모양을 만들 수 있는

고분자 유기 화학물질'인 플라스틱은 세상에 나오자마자

나무와 유리를 대체하며 급속도로 퍼졌다.

획기적인 편리함 덕분이었지만 문제는 분해되는 데

500년이라는 긴 시간이 걸린다는 것이다.

지나치게 긴 수명 때문에 도통 해결이 어려운 것이다.

지난해 한국발 플라스틱 대란 소식이 유럽까지 들려왔다.

한국 생활을 한 적이 있는 한 짓궂은 독일 친구가 놀렸다.

어떻게 자기들보다 6배나 많은 쓰레기를 내보내냐는 것이다.

플라스틱 소비 1위 국가라는 오명, 우리는 분리배출을

꽤 잘하는데… 하는 생각이 들어 좀 억울하기도 했다.

그럼에도 그들의 6배라니, 대체 무엇이

이토록 큰 차이를 만들었을까?

그들이 생활하는 모습을 보며 내린 나의 결론은 '소비량의 차이'이다.

그리고 이런 차이를 만들어 내는 것은 사회의 기반이 되는

생활양식의 차이다. 당연한 결론이겠지만 실제 체감했던

차이의 정도는 매우 커서 우리 사회가 어떻게 극복해 나가야 할지

엄두가 안 나기도 한다.

유럽인들, 특히 독일 사람들은 매우 적게 소비한다.
기본적으로 검소하다. 오래된 건물을 필사적으로 관리하며
사는 모습이 매우 보편적이다. 오래된 건물에 살다 보면
새 가구가 잘 어울리지 않는다. 그러니 새로운 것을 사기보다는
오래된 가구의 고풍스러움을 강조한다.
최대한 천천히, 꼼꼼하게 건물을 올리고
(공사 기간이 길어 공사장이 너무 많다는 단점은 있지만)
완벽에 가까운 물건을 만들어 오래 쓴다.
창문이나 열쇠 보험이 따로 있을 정도로 관리에 철저하다.
원칙주의자들의 꼬장꼬장함이 때로는 답답할 정도로!
우리나라가 얼마나 과소비 사회인지를 타국에서 깨닫게 되었다.
물론 개인 인식의 차이와 행동력의 차이도 있겠지만, 그보다도
사회적인 분위기와 시스템이 우선이라는 생각이 들었다.

길을 가다 신호등 앞에 섰다. 내 앞에 선 청년의 가방에 가득 차
삐져나온 페트병들이 눈에 띈다. 판트를 이용하려는 것이리라.
판트Pfand는 재활용 환불 제도로, 마트마다 빈 병을 반납하고
쿠폰을 받을 수 있는 기계가 설치되어 있다.

스케치북을 꺼내어 기계에 빈 병을 넣고
쿠폰을 받는 사람들의 모습을 그려 보았다.
가끔은 길가에 빈 병을 꺼내 놓는 사람들을 보는데
빈 병이 곧 돈으로 환산되기 때문에 누군가가 챙겨간다.
길에서 맥주를 즐기는 사람이 많지만
나뒹구는 병이 없는 이유다.
음료를 살 때는 조금 비싸다 싶지만
판트할 수 있으니 문제가 되지 않는다.
작은 병 한 개를 판트하면 보통 25센트이니
우리 돈 300원이 넘는다. 이 좋은 제도를 한국에서는
왜 도입하지 않는지 궁금했다. 자원순환 전문가에게 물어보니
보증금을 포함해 가격을 올리는 것이
우리나라에서는 적합하지 않단다. 대신 제도적으로는
우리나라가 상당한 수준이라는 답을 받았다.
그렇다면 더더욱 소비를 줄이는 것이 중요하다.
플라스틱을 최대한 적게 쓰고, 꼭 써야만 한다면
재활용할 수 있는 사회적인 기반을 갖추어야 한다.
그런 습관이 개인의 생활방식으로 자리잡도록 하는 것이
무엇보다도 중요하다.

Danziger Str, BERLIN
"아름다운 두번"

아름다운 두 번, 세컨핸즈   베를린, 독일

#베를린
#아름다운두번
#세컨핸즈
#업사이클링

베를린은 힙한 도시이다.

어떤 문화든 수용이 되기 때문이다.

독일 내 다른 도시에서도 베를린은 힙한 도시로 통한다.

어떤 국적, 어떤 소속을 가진 사람이건 자유롭게 자신을
표현할 수 있다. 그래서 젊은이들과 예술가들은
이 도시를 사랑한다.

그래서일까?
어디를 가도 중고물품 가게들을 지나게 된다.
가게마다 개성 있는 물건들이 진열되어 있다.
물건이 꽤 자주 바뀌기 때문에 구경하는 재미가 쏠쏠하다.
머물던 집 근처에 '아름다운 두 번'이라는 이름을 가진
가게가 있어서 나도 오가다 들르는 곳이 되었다.
참새방앗간이라는 말이 이리 적절할 수가!
동네 아낙들이 모인 우물가라도 되는 양 동네 사람들이
모여 있는 모습이 좋아 괜히 어슬렁거리기도 했다.

"아름다운 두 번".
독일어를 모르는 나는 스케치를 친구에게 보여 주고 나서야
가게의 간판이 주는 아름다운 의미를 알 수 있었다.
독일에는 이렇게 '두 번 쓰는' 가게 말고도
'세 번 쓰는' 가게도 있다.

저녁 노을, 재생 에너지 고흐, 독일

청소년 기후행동을 촉발하고, 어른들을 부끄럽게 만든
스웨덴의 16살 소녀 그레타 툰베리의 인터뷰 기사를 보았다.
"미국에 오니 유럽과 가장 다른 것이 무엇입니까?"라는 질문에
"유럽에서는 기후변화가 팩트인데, 미국에서는 사람들로부터
너는 기후변화를 믿느냐는 질문을 받아요."
이렇게 같은 세상에 살고 있으면서도 우리의 정신세계는 참 다르다.

문득 고흐의 저녁노을이 떠올랐다.
기차 창밖으로 보이던 저녁노을이
참 아름답다고 생각하는 찰나
눈에 띈 풍력 발전기.
아름다운 풍경 속에서 풍력 발전기
마저도 한데 어우러진 모습이었다.
문득 우리나라 사람들도 노을 속
풍력 발전기가 아름답다고
생각할까 궁금해졌다.
독일은 2022년까지 원자력 발전소를
모두 폐쇄하고 2050년까지
모든 전력을 재생가능에너지로
공급하고자 하는 나라이다.

반면 우리는 최근 재생가능에너지 비율을 현재 7.6% 정도에서
2040년 35%까지 늘리겠다는 발표를 했다.
하지만 그마저도 무리가 아니냐는 비판의 목소리가 있다.
때로는 아름다운 가치마저도 정치적 상황의 영향을
받는 것이 안타깝다.

시민들이 지켜 낸 공유공간

시민들이 개발 대신 선택한 시민 공유공간,
주말농장과 커뮤니티 카페.

독일에는 유학생들과 이민자들이 참여하는
한국의 녹색당 유럽 지부가 있다.
녹색당원 친구의 권유로 독일 생활이 수십 년째라는
한 예술가의 주말농장을 방문했다. 농장은 이민자들이
가장 많다는 크로이츠베르크 지역에 있었다.
이곳은 베를린 시민들이 개발에 반대하여 지켜 낸
시민 공유공간이다. 곳곳에 이런 시민 공유공간들이
시민들의 오랜 논의를 거쳐 만들어지고 있었다.
친환경적인 도시가 되는 과정에서 시민들의 목소리와
움직임이 함께한다는 것은 얼마나 멋진 일인가!
스스로 만든 공간인 주말농장이 분양되고
가족과 친구들이 함께 모여 보내는 시간.
그렇게 모이면서 자연스럽게 커뮤니티 카페도
생겨났다고 한다. 주말농장에서 보내는 주말,
행복한 한때를 즐기는 그들의 노력과 여유가
부러웠다.

#베를린

#공유공간　#주말농장

#커뮤니티카페

도심 속 커뮤니티 공간

베를린, 독일

청년들이 중심이 되어 일궈가는 커뮤니티 가든,
크로이츠베르크 지역에 있는 공주의 정원^{prinzessinnen garten}이다.

커뮤니티 가든 안에는 채식 유기농 야외 식당과
카페가 있다. 벌통이 있고, 자전거를 수리하는 곳이
있으며, 작은 공연을 할 수 있는 공간도 있다.
주말마다 벼룩시장과 종묘시장이 열려 북적거린다.
자유로운 이곳에는 각국의 예술가들이 모여 그림을
그린다. 또한 지속가능한 사회, 평화, 환경을 주제로 한
모임이나 사회 문제에 대한 토론 모임과 행사도 열린다.
이 건강한 모임들을 주도적으로 이끌어나가는 것은
청년들이다. 그들의 싱그러운 에너지로 지역 사회의
주민들과 소통하며 함께 땀 흘리고 먹고 즐긴다.
그리 넓지 않지만 소박하고 친근한 이 공간은
이 도시를 상징하며 공식 홈페이지에 소개되고 있다.
이런 멋진 공간이 도시 한복판에 있다는 것이
정말 놀랍다.

#베를린
#커뮤니티가든
#공주의정원
#청년에너지

슈마허칼리지에서의 일주일

다팅턴, 영국

#다딩턴 #토트네스 #슈마허칼리지

#작은것이아름답다 #삶의전환

"Whatever you can do or dream you can, begin it.
Boldness has genius, power and magic in it!"
(당신이 할 수 있는 것, 할 수 있다고 꿈꾸는 것, 그것을
 시작해라. 대범함은 그 안에 천재성, 힘, 마법을 지닌다.)

영국 토트네스에 위치한 슈마허칼리지의 현관에
들어서면 가장 먼저 눈에 들어오는 문구이다.
우리는 할 수 있다고 상상하고 꿈꾸는 것, 그것을 지금,
여기에서 시작할 수 있는 용기가 필요하다는 것이다.
'작은 것이 아름답다'라는 간결한 문장 하나로 깊은
울림과 영감을 준 에른스트 슈마허^{Ernst Friedrich Schumacher}.
그의 철학에 깊이 공감한 사티시 쿠마르는 동료들과
함께 1991년 슈마허칼리지를 설립했다.

슈마허칼리지에서의 일주일은 자연과 교감하고,
그 안에서 리더십을 찾아가는 워크숍의 시간이었다.
작은 마을로 세계 각지에서 20명의 참가자가 모였다.
참가자들은 매일 아침, 동그란 원을 그리며 마주 서서
일상의 감사함, 자연과의 교감, 그 과정에서 일어나는
자기 성찰에 대하여 공유한다. 참가자들은 함께 강의를
듣는 것은 물론, 일상을 함께한다.

함께 식사를 준비하고, 테이블을 정리하고,
시간이 날 때마다 왜 슈마허에 왔는지, 오늘의 깨달음이
자신에게 어떤 의미인지 이야기를 나눈다.
여유 시간에는 자연과 교감을 느낄 수 있는 자신만의
공간을 찾아 시간을 보낸다. 그 속에서 사람들은 서로를
배려하고 상대의 이야기를 경청한다. 위로를 건네며
때때로 뜨겁게 서로를 안아 준다.
매일의 일상에서 그렇게 사려 깊게 살지 못했더라도
슈마허에서의 일주일은 그렇게 보낼 수 있었다.
슈마허에 오는 사람들의 목적은 비슷하다.
더 괜찮은 내가 되기 위함이다.

자신을 추스르고 다시 세상으로 나아갈 힘을 얻고,
개인의 의지만으로는 절대 할 수 없을 것만 같았던
채식을 해 보고, 화학물질 없이 하루를 보내며,
소박하고 작은 방에서 심플라이프를 경험할 수 있다.
영혼이 맑아지는 시간을 보내며 경험한 생활방식은
이후 삶의 방식을 결정하는 중요한 방향키가 될 수 있다.
절박한 환경위기의 시대이다 보니 거대한 삶의 방식의
전환이 강조되곤 한다. 그러나 개인의 생애 전환 없이
거대한 전환이 가능하긴 한 걸까?
더디고 느려도 개개인의 삶의 전환을
강조하지 않을 수 없다.

"Step into the unknown. Relish your feeling of fear
and excitement. Don't fight them; acknowledge
them but don't be controlled by them. Take a deep
breath, hold your chin up high and take a step into
the unknown."
(미지의 세계로 발걸음을 내디디십시오. 두려움과 흥분을
느끼십시오. 그들과 싸우지 마십시오. 인정하되 그들에
의해 통제되지는 마세요. 심호흡을 하고 턱을 높이 들고
미지의 세계로 한 발짝 더 나아가십시오.)

카페 게시판

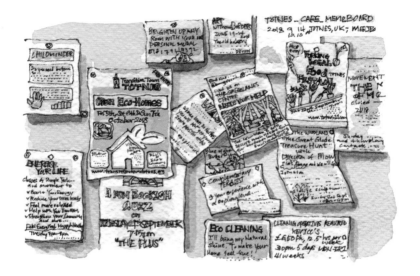

#토트네스 #슈마허칼리지

#전환마을 #전환거리 #삶의전환

슈마허칼리지가 있는 지역에는 세계적으로 명성을
떨치고 있는 또 하나의 중요한 사회적 거점이 있다.
최초의 전환 마을로 알려진 토트네스다.
지구촌의 반대편에 살았던 내가 이 지역을
방문할 수 있었던 것은 행운이었다.
슈마허칼리지가 나의 교육적 지향의 한편이라면,
토트네스는 환경적 지향의 다른 한편이었기 때문이다.

전환 마을^{transition town}은 기후변화, 에너지 위기, 경제적 불안정에
대비하는, 자체적인 회복력을 갖춘 마을을 말한다.

전환마을은 환경위기의 대안을 내가 사는 지역에서 시작해 보자는
지역공동체 운동에서 시작되었다. 처음에는 전환을 준비하는
몇몇 가구가 모여 전환 거리를 만들었다. 에너지 절약과 효율 개선,
재생가능에너지 생산으로 석유가 없는 전환 가구가 많아지면서
전환 거리가 형성되었고, 이어 전환 마을로 확대되었다.

에너지와 자원 절약, 주택 단열 개선, 태양광 발전기 설치를
함께해 나갔다. 전환 마을은 2009년 영국 에너지 기후변화부의
'지역사회 주도 기후변화와 에너지 대안 모색' 프로젝트의 지원으로
본격화되었다고 한다.

이런 놀랄 만한 변화는 우연이 아니다. 삶의 전환을 꿈꾸는 사람들이
따로 또 같이 전환 거리를 만들고, 전환 마을을 만들고, 전환 학교를
만들어 왔다. 삶과 시대의 전환에 대한 꿈을 꾸고 실현하기 위해
마을에 교육과 학습의 장을 만든 것은 실로 엄청난 힘이 될 것이다.

도시를 둘러보다가 지역 식당에 들렀다. 게시판에 지역에 대한
소식이 한가득하다. 하나씩 살펴보다가 참으로 토트네스답다는
생각을 했다. 스케치북에 담긴 카페 게시판 드로잉은
바로 가장 토트네스다운 한 장면이다.

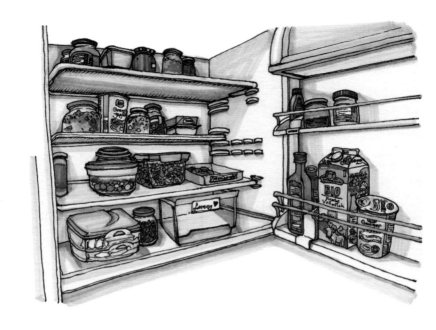

여행자들의 공유냉장고

#프라이부르크

#친환경도시

#보봉마을

#공유냉장고

친환경 도시로 유명한 프라이부르크 안에서도

가장 친환경적인 마을로 소문난 보봉마을 쪽 숙소를 찾았다.

그 동네의 일상을 느끼고 싶어서였다.

막상 보봉마을 안쪽에는 만만한 숙소가 없어서

도심과 마을 사이에 있는 숙소를 정했다.

에어비앤비 숙소 소개에서 이미 친환경 생활에 대해

친절하게 안내하고 있었다.

집주인은 쾌활했고, 친절하면서도 깐깐했다.

숙소에는 여행자들과 집주인이 공유하는 냉장고가 있었다.

칸별로 여행자들을 위한 공간이 마련되어 있었는데

짧게 머무는 사람은 작은 박스, 오래 머무르는 사람은

큰 박스에 이름표가 붙어 있었다. 또 냉장고 안에는

부지런한 주인이 솜씨 있게 만든 각종 소스와

게스트를 위해 무료로 준비해 둔 유제품이 채워져 있었다.

내가 머물던 숙소 중 가장 센스 넘치는 곳이었다.

여행자의 공유공간

#프라이부르크
#친환경도시
#보봉마을
#공유공간

보봉마을 인근의 에어비앤비 숙소에 입주하던 날.
선반과 냉장고, 방문 앞, 화장실에 이르기까지
나를 반갑게 맞아 주는 이름표 행렬.
내 이름표가 붙은 바구니에는 시리얼과 견과류로
가득 찬 유리병이 기다리고 있었다.
나는 즐거운 마음으로 이 집에서 2주일을 보냈다.

소유 대신 공유, 무료 화물자전거

#프라이부르크

#친환경도시

#공유자전거

#소유대신공유

#화물자전거

자동차가 불편한 환경 도시 프라이부르크에서는 다양한 자전거를
보는 재미가 있다. 그중 화물용 공유자전거는 무려 공짜!
3~5유로의 기부금으로 운영되는데, 자전거 화물 박스의 겉면에는
친환경 교통정책에 관한 홍보문이 붙어 있다. 또한 이 교통정책을
후원하는 기업들에 대한 홍보문도 있었다. 이 기발한 물건들은 도시의
경관을 바꾸고, 소유 대신 공유하는 지속가능한 생활방식을 지원한다.
꼭 한번은 멋지게 그려 주고 싶었다.

공유자동차

#프라이부르크　#친환경도시
#자동차공유서비스　#소유대신공유

자동차 최고 제한속도가 30km/hr인 프라이부르크에는
공유자동차가 있다. 길을 가다 보면 카셰어링 주차장과
공유자동차를 자주 발견할 수 있다.
이용자가 많고 서비스가 잘 정착되어 있어서 작은 도시인데도
집 근처 거리에서 여러 종류의 공유자동차를 볼 수 있었다.
우리나라도 공유자동차가 늘어나고 있지만, 지방에는 많지 않아
아직은 불편하다. 어서 공유자동차 제도가 정착되었으면!

지속가능한 가게, 써클

#취리히   #써클   #지속가능한가게

여행지에서 한번쯤은 지속 가능한 가게를
일부러 찾아가 보는 것도 좋다.
스위스 취리히 써클circle 매장은 아름다운 강변 옆 거리 한가운데에
자리잡고 있었다. 나무 재료로 만든 손목 시계,
자연 재료로 만든 어린이용 친환경 크레용을 샀다.
조카 주려고 샀는데 탐나네!

자전거와 에코 스테이션

어릴 적 자전거 충돌 사고 이후 겁내던 자전거 타기.
이십 대에도 도전했지만 실패하고 근 20년이 지난 지금
다시 도전이다!
돌이켜보니 자전거 알기, 끌기, 멈추기, 내리기,
균형 잡기에 대해 배우는 것을 모두 건너뛰고
무조건 '타기'부터 배웠다. 자전거는 자고로 넘어지면서
배우는 거라는 거친 조언들에 지레 겁을 먹었고,
실제로 크게 부딪혀 넘어진 채로 도전을 마감해야 했다.

유럽 여행을 하면서 자전거를 못 타는 게 그렇게 속상할
수가 없었다. 벼르고 벼르다 동네 운동장에서 자전거를
배우던 첫날. 이상하게 생긴 킥 바이크가 기다리고 있었다.
여러 스텝 맞추어 끌기, 좌우 오가기, 균형 잡기 등의
어마어마하게 고급스러운 과정을 거쳤다. 마지막에 이르러
타는 동안 주변의 새소리, 사람 소리 듣기까지 완성한 후에야
바퀴가 꽤 귀여운 자전거 핸들을 만질 수 있었다.
이 과정을 거치면서 비로소 자전거는 넘어지면서 배우는 것이
아니라는 사실을 알게 되었다.

#베를린 #프라이부르크 #자전거타기 #기념드로잉 #기초가중요

#에코스테이션 #독일환경교육센터 #자연체험교육

프라이부르크의 대표적인 환경교육센터는
'에코 스테이션$^{eco-station}$'이다. 친환경 도시 프라이부르크가
유명해지면서 세계인들이 찾게 된 곳이다.
처음 그 공간을 찾았을 때, 명성에 비해 작은 규모에 놀랐다.
독일의 교육센터들은 건물 기반의 우리나라 센터들과는
사뭇 다르다. 숲이나 공원에 기반한 곳에서
교육 프로그램을 운영하는 곳이 많다.
에코 스테이션 앞쪽에 자리 잡은 텃밭과 체험 교육장에서는
아이들의 체험 활동이 한창이었다. 자연이 풍부한 곳에서
자라나는 아이들에게 자연 체험은 일상인 것 같았다.
아스팔트에서 자라나는 우리나라 아이들의 현실이
안타깝게 느껴지는 순간이었다.

대안교육공동체

#베를린 #템펠호프 #대안교육공동체 #우파파브릭 #자연놀이터

베를린 남쪽 템펠호프^{tempelhof}에 위치한
생태문화교육공동체 우파 파브릭. 이곳을 찾았을 때
이 커뮤니티의 한쪽에 자리 잡은 자연 놀이터에서는
아이들이 자유로운 한때를 보내고 있었다.
문화, 공존, 예술, 환경, 교육 등 다양한 핵심 가치들과
연관된 영감을 주는 곳이다. 이곳에서 운영되는
대안학교는 입학이 꽤 까다로운데, 학부모의 교육관이
중요한 입학 기준이 된다. 도심 속이지만 자연과
충분히 교감할 수 있는 놀이와 가축 농장 활동 등
시간표 없는 활동들이 진행된다.
아이들은 지역 주민들이 함께 일궈가는 대안적인
삶의 모습을 그대로 체험하며 또 다른 삶을 배운다.
살아 내는 것으로서의 대안공동체,
그 안에서 함께 자라나는 아이들.
넉넉한 자연의 마음을 키워 가지 않을까.

우파 파브릭(ufa Fabrik)
독일 베를린에 있는 문화생태마을로 대안공동체이다. 1965년 영화를 찍던 공간이
폐쇄된 후 방치되던 곳이 생태마을로 부활한 것. 1976년 이곳에서 축제를 개최한 후
관련 설비를 철거하기 아까워 대학생 70여 명이 공간을 관리·임대하는 조합을 만
든 것이 그 시작이다. 이들은 음식, 건강, 생태 관련 그룹을 조직하고 게스트하우스,
빵집, 식당, 어린이 놀이터 등을 만들며 활동을 넓혀갔다.

프라이부르거, 장바구니

프라이부르크는 사람과 자연과 동물이 가깝게 교감할 수 있는 곳으로
사실상 도시 전체가 환경체험 현장이다.
한국의 어느 시골 마을 태생인 강아지 '누룽지'는
유학생으로 이곳에 왔다가 정착한 집주인을 따라왔다.
물 좋고 공기 좋고 시내 구경도 자유로운 친환경 도시에서
호의호식하다가 호기심 많은 누룽지와 시내 산책에 나섰다.

집에서 나와 트램을 타기 위해 걸어가는 길.

강 건너로 눈 덮인 포도밭이 한눈에 들어왔다.

이 도시가 환경 도시로 알려지게 된 것이

바로 이 포도밭들 때문이다.

산업화가 한참이던 70년대에 원전이 차지할 뻔했던 도시.

주민들은 원전 유치 반대 과정에서 냉각수로 인해 포도밭이

나쁜 영향을 받을 것이라고 주장했다고 한다.

트램 정류장에서 초록색 장바구니를 든 프라이부르거를 본다.

그들의 장바구니를 비집고 나온 회수용 빈 용기와 도시락통.

이런 풍경이 자연스러운 곳이라서

내 가방도 어느새 그들의 모습을 닮아 있다.

시민들의 삶 곳곳에서

지속가능한 생활방식이 묻어나는

도시의 트램 정류장 풍경이다.

요 며칠 발견한 프라이부르거의 물건을 나누어 쓰는 방법을 소개한다. 다들 이 정도는 하고 살지 않을까?(하하하!)

1. 벼룩시장에 참여한다. 주말엔 오프라인, 평소엔 온라인 벼룩시장.

2. 나만의 벼룩시장을 연다. 아무 때나 집 앞 거리나 공원에서.

3. 집 앞길에 가지런히 내놓는다. 길을 걸을 땐 늘 장바구니를 휴대하고 쓸 만한 물건이 나와 있는지 눈을 크게 뜨고 본다.

4. 길거리나 다중이용시설에 있는 공유책장이나 푸드 셰어박스를 이용한다.

5. 친구 집을 방문해 서로 필요한 것을 주고받는다. 친구 집이 외지고 멀 경우, 자동차 공유서비스를 이용한다.

6. 집 근처 중고용품점 세컨핸즈 등에 기증한다.

7. 포장 없는 가게를 이용한다.

8. 버려진 고장 난 물건을 고친 후 다시 내놓는다.

9. 방문객들을 위해 집안 생활수칙을 정해 안내한다.

10. 물건을 다시 쓰는 것을 당연하게 생각한다.

물론 여기 사람들도 쓸 것은 쓰고 산다. 다만 경제적 형편과 상관없이 당연하게 몸에 밴 검소한 생활 습관은 마땅히 본받을 만하다.

사실 우리도 이런 습관을 갖는 게 당연한 시절이 있었는데……

우리는 왜 이리 빨리 변했을까?

시민에게 열린 대학도서관

프라이부르크, 독일

프라이부르크 대학도서관은 시민을 향해 열린 공간이다.
인근에 거주하거나 학교 학생이면 누구나 회원이 될 수 있다.
도서관 내 자유공간은 회원이 아니어도 누구나 이용할 수 있다.
접근성이 좋고 시민 친화적인 공유공간이
시내 한복판에 있으니 그것만으로도 좋은데,
그 외에도 여러 가지로 매력적인 공간이다.

프라이부르크에 올 때면 이곳에 늘 들르곤 했는데
이번에도 원고 준비를 위해 독서실을 찾아왔다.
조용한 독서공간은 회원 등록이 되어 있어야
사용할 수 있다고 해서 자유공간을 이용하기로 했다.
게으른 여행자라 11시쯤 도착하니 이미 빈 자리는 거의
보이지 않았다. 바닥에서 공부하는 사람들도 꽤 있었다.
다행히 미팅하고 떠나는 사람들이 있어서
시간이 좀 지나면 자리를 잡을 수 있을 것 같았다.
4층 건물을 한 바퀴 돌고 내려오는데
예상대로 2층 넓은 테이블에 빈 자리가 보였다.

삼삼오오 모여 앉아 과제나 프로젝트에 대해
열띤 토론을 하는 팀이 있는가 하면, 그 소음을
배경으로 공부하는 이들도 있다.
내 옆으로 자리 잡은 두 여대생은 과제 발표
준비 중인 것 같은데 쉬지 않고 토론이 이어진다.
앞자리 두 남학생은 가끔 질문을 주고받으며
각자 자료를 준비한다.
여대생들의 대화는 쾌활하고 당찬 반면,
남학생들의 대화는 나긋나긋 여유롭다.

원고를 쓰다가 잠시 전체 도서관을 살핀다.
도서관에는 토론하거나 공부할 수 있도록 자유롭게
쓸 수 있는 공간이 많고, 테이블 배치도 다채롭다.
콘크리트 건물에서 유리 궁전으로 재탄생한 이 도서관은
전체가 유리로 덮여 있어서 자연 채광이 좋다.
도서관의 전경을 채우는 것은 자전거들. 앞으로 펼쳐진
탁 트인 광장과 대조적으로 어우러져 도시의 인상은
세련되면서도 서민 친화적이다.

#프라이부르크   #대학도서관   #유리궁전   #자유로운분위기

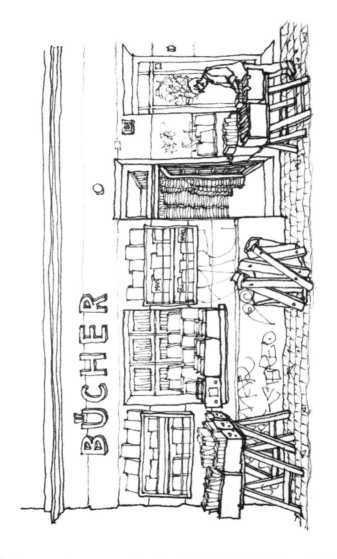

베를린 프렌츠라우어베르크의 헌책방

여행하다 문득 돌아보니
어느새 나도 그들을 닮아 있다.

여행의 길 위에
나를 외롭지 않게 만들어 준 친구들.

4

걷다

사유하는
여행자의
거리
드로잉

오르세 미술관, 시간의 창

파리, 프랑스

여행지의 필수 코스 중 하나는 미술관.
특히 그 지역 작가들의 작품이 있는 미술관이라면 더 좋다.
작가가 살았던 시공간이 그림을 통해 내 세계와 만난다.
그림 하나면 새로운 세계로 빠져들 수 있다.

몇 해 전 오르세 미술관에서의 첫 감동이
간질간질 꿈틀거리며 떠올라서 다시 찾았다.
두 번째 관람은 좋아하는 그림만 볼 수 있는 여유가
생겨 더욱 좋다. 빛을 담고 감정을 담은, 좋아하는
작품들을 여유롭게 관람하고 옥상 야외 테라스로 향했다.

테라스로 가는 길에 만난 카페 앞에서 잠시 멈추었다.
예술 작품이 전해 준 감동을 품고 쉬어가는 사람들,
카페 한 면을 가득 채운 시간의 창 앞에서
잠시 숨을 고른다. 액자에 걸린 명작만큼,
아니 그 이상으로 아름다운 외경을
마지막으로 마음에 담는다.

#파리
#오르세미술관
#시간의창

거리를 만드는 담장

#칸

#소통

#창과문

#담벼락

세상과 만나고 소통하기 위해,

세상과 조금은 거리를 두기 위해,

때로는 창과 문이,

때로는 담벼락, 철창이 거리를 향한다.

닫거나 열거나, 가리거나 펼치거나……

그렇게 저마다의 몸짓으로 세상과 통한다.

퐁뒤의 첫 맛

#취리히

#퐁뒤

#스위스대표음식

#체험학습

동네 주민의 소개를 받아

스위스의 대표 음식인 퐁뒤Fondue를 잘하는 곳을 찾았다.

아리따운 십 대 소녀가 메뉴 설명부터 식기 세팅까지 하며

진지하고 긴장된 언어와 몸짓으로 손님을 맞이한다.

식당 주인의 가족인가 싶었는데

다른 소녀 한 명이 눈에 띈다.

두 명의 아이에게 매니저가 허리를 숙여 눈높이를 맞추고

무언가를 열심히 설명하자 아이들은 고개를 끄덕이고는

각자의 동선으로 움직인다.

호기심을 참지 못해 한 소녀에게 어떻게 일하게 되었는지

물으니, 체험학습으로 일주일간 학교 대신 이곳에서

일을 배우고 돕고 있다고 말한 후 살짝 미소 짓는다.

진지한 태도로 일을 대하는 아이들과 성심성의껏 아이들을

지도하는 매니저의 모습이 인상적이다.

강렬한 빨간색 그릇에 담긴 치즈에 마른 빵을 돌돌 말아

설레며 입안에 넣었는데, 아뿔싸! 입천장을 데었다.

스위스 음식 퐁뒤의 첫맛은 그렇게 뜨거웠다.

덕분에 스위스 여행의 기억도

진한 치즈와 함께 여전히 또렷하다.

오래된 필기구

#바젤 #도시산책 #오래된물건

독일의 프라이부르크에서 기차로 1시간이면 닿을 수 있는 도시,
스위스의 바젤. 한나절 나들이로 특별한 계획 없이
도시 산책에 나섰다. 강가 주변의 낮고 경사진 골목길을 따라
지그재그로 느릿느릿 걷는다.
쇼윈도 너머로 타임머신을 타고 온 것 같은 오래된 문구들이
열을 맞추어 고개를 내밀고 있다.
오래된 물건들이 잘 어울리는 이 거리가 좋다.

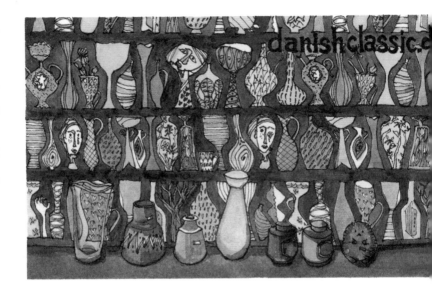

데니쉬클래식 ——————————————

코펜하겐에서 기억하고 싶은 것들!

자꾸만 걷고 싶은 세련되고도 친근한 거리.

비싸지만 맛있는 생선 요리.

단정하면서 친근했던 대학 교정과 알찬 학생 식당.

친절하고 여유 있는 공항 직원과 심야버스 기사님.

그리고 세련된 덴마크식 디자인, 데니쉬클래식.

그 나라의 색깔이 잘 묻어나는 이미지는
설명이 없어도 느껴지는 게 있다.
무심코 걷던 거리의 쇼윈도 안으로 보이는
홍보 포스터 앞에 홀린 듯 멈춰 섰다.
서로 다른 모양을 한 그릇들이 나란히 줄지어 있다.
옆에 있는 그릇과 묘하게 균형이 맞으면서도
자기만의 형태를 뽐내고 있다.

이 아름다운 무리의 이름은 데니쉬클래식.
썩 잘 어울리는 이름이다.
걷기만 해도 느껴지는 이 도시의 클래식한 세련미는
앞으로 걷게 될 도시의 곳곳에서 불쑥불쑥 튀어나와
날 놀라게 하겠지.
혼자서도 개성 있고 아름답고 나다우면서,
곁의 친구들과 제대로 어우러지면
그릇처럼 삶도 예술이 될 수 있다.

#코펜하겐 #데니쉬클래식
#나다운개성 #삶도예술

호엔잘츠부르크성^{Hohensalzburg Castle}에서는
매일 작은 음악회가 열린다.
안내를 따라가 보니 요새 같은 성의 한쪽에
반지하로 이어지는 동굴 같은 공간이다.
생각보다 빨리 도착하여 맨 앞자리를 차지했다.

스무 명 남짓의 청중들이 자리를 잡고 나니
연주가 시작되었다.
바이올린과 피아노의 소박한 조합이다.
신인 예술가들을 발굴하는 무대인 듯하다.
손끝에서부터 전해지는 긴장감과 열의가
생생하게 느껴진다. 연주자 뒤로 회화 작품이
전시되어 또 다른 감성을 전달한다.
음악과 미술의 콜라보,
선율을 타고 따뜻한 색채가 흐른다.
요새 같은 성, 반지하 공연장의 공간감,
콜라보된 감성.
여러모로 특별해 저장!

#잘츠부르크

#작은음악회

#모차르트콘서트

#호엔잘츠부르크성

#콜라보감성

베를린장벽의 예술가들

베를린은 많은 예술가에게 꿈의 도시이다.
다른 도시들에 비해 자유로움과 다양성을 갖고 있어서
많은 예술가들이 드나든다. 그래서 거리 예술을 어디에서나
어렵지 않게 접할 수 있는 도시이다.

베를린 곳곳에서 만날 수 있는 거리 예술 작품들은
다양한 장르와 주제를 넘나든다.
이 도시는 많은 예술가에게 표현의 공간이 되어 주고,
동시에 그들의 생계에 도움을 주기도 한다.
이스트사이드 갤러리나 장벽공원처럼 아예 거리 미술로
핫한 공간이 된 곳도 많다. 특히 마우어파크 장벽공원은
일요일마다 큰 규모의 벼룩시장이 열리고, 수천 명의 시민이
공유하고 즐기는 공간이다. 예술가들은 자신의 작업 과정을
관심 가득한 시선으로 바라보는 시민들과 공유한다.
이곳에 있는 것만으로도 해방감이 느껴진다.

마우어파크(mauerpark)
마우어는 장벽이라는 뜻으로, 마우어파크는 과거 동독 및 서독으로 분단되었던 시절
베를린장벽이 있던 곳이다. 벽이 허물어진 지금 이 자리에는 공원이 조성되어 많은
시민이 찾고 있다.

거리의 놀이터, 나눔 책장

#베를린

#나눔책장

#바닥놀이터

#도시전체가예술

구동독이었던 베를린의 한 지역.

생동하는 거리에서 만난 초록물고기 책장.

차가 많지 않은, 제법 넓은 인도에 자리 잡은 길거리 나눔 책장이다.

바닥 놀이터를 만나는 행운도 종종 누리게 된다.

도시 전체가 문화예술의 공간이다. 베를린에서 사는 즐거움!

선택의 문 앞

여행자는 수많은 순간, 선택의 문 앞에 선다.

들어서거나 지나치거나 잠시 서성이거나…….

이곳은 잠시 서성이는 쪽으로 선택했다.

#바르샤바

#선택의문

#여행의순간

아름다운 곳에 가면 그곳을 함께 나누고 싶은 마음에
보고픈 사람들이 떠오른다.
나의 가장 오랜 친구와 몇 년 만의 여행 데이트.
곁에서 걸어도, 따라 걸어도 함께라서 참 좋다.
스멀스멀 올라오는 기억과 추억이 좋고,
때때로 무게감 다른 감성도 좋다.
같은 곳을 바라보고 느끼는 것을 나누다 보면
또 다른 세상까지 넘나들며 확장되는 소통도 좋다.

그리워하고 사랑하고 열망하고 꿈꾸다가

별안간 파고드는 시기와 질투.

그 속에서 서로 배려하고 다독이는 그 모든 순간이

또다시 추억이 되니 좋다.

친구와 공유한 시공간을 기록하기 위해 스케치북을 나눠

애틋한 순간을 기록해 본다.

때론 기록이 기억보다 오래가기도 하니까.

이정표, 잠시 멈춤

브리스톨, 영국

#브리스톨 #잠시멈춤 #이정표

아무리 아름다운 길이어도 잠시 쉬어갈 수 있어야 좋다.

숨 한번 크게 들이쉬며 걸어온 길,

걸어갈 길을 찬찬히 되짚는다.

'지금 여기'에서 생각을 잠시 정리하고 나면,

다음 한걸음에 활기가 더해진다.

'잠시 멈춤' 버튼을 누르고 이런저런 생각을 정리하고,

정보를 정리하고, 방향을 확인하고 걸음을 옮기면

조금 더 나은 길로 갈 수 있다.

꿀맛 같은 '잠시 멈춤'을 응원하듯 나타나는 이정표.

먼저 가 본 누군가가 뒷사람을 위해 세워 놓았을 표식.

이정표는 늘 반갑다.

하지만 그 앞에 선다고

모든 것이 선명해지는 것은 아니다.

큰 선택이 어려울 때는 작은 선택을 먼저 해 보면 된다.

가는 방향에 대한 확신이 들지 않을 때는,

다음 이정표까지의 방향만 정한다.

다음 멈출 곳까지 걸어가

다시 큰 숨 한번 몰아쉬면 된다.

인생 뭐 있나, 이 길 아니면 저 길이겠지!

식상한 포토존마저도 즐거운 —— 잘츠부르크, 오스트리아

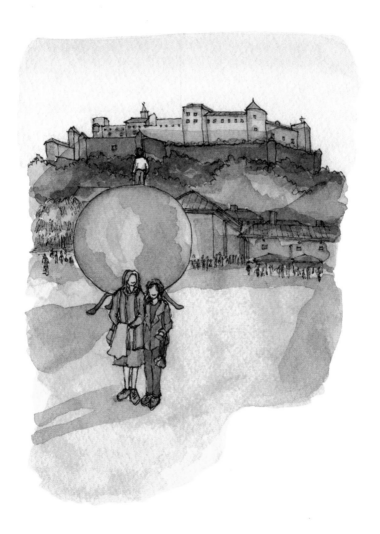

그럴 때가 있다.

베스트셀러는 천천히 사고 싶고,

흥행하는 영화는 나중에 보고 싶고,

남들이 다 좋다고 하니 흥이 나지 않을 때가 있다.

유명한 여행지를 꼭 가 볼 때도 있지만,

왠지 미뤄두거나 더디게 보고 싶을 때가 있다.

식상한 포토존보다는 나에게만 끌리는 곳을 찾을 때가 있다.

　　　그럴 때도 있다.

　　　이유 없이 고개를 드는 삐딱함 대신,

　　　줄 서서 기다리는 포토존이 끌릴 때도 있다.

　　　대기자가 많은 식당에서 순서를 기다리고 싶을 때,

　　　식상한 포토존마저 즐거울 때가 있다.

　　　사진 찍히기 싫어하는 절친도

　　　함께 사진을 찍어 줄 때가 있다.

성이 보이는 잘츠부르크의 광장에서 포토존 앞에 섰다.

사진 속에 번진 미소가 오랜만에 자연스럽다.

함께 걸은 거리가, 함께 보낸 시간이 그저 좋다.

예술적인 빈티지 그릇

레보드프로방스, 프랑스

남프랑스의 프로방스 지방. 빈티지한 그릇들의 외출.
샤방샤방한 프랑스의 매력이 잘 느껴지던
거리의 문 앞에서
물건을 담는 그릇이 아닌,
오랜 세월의 감성을 담은 그릇들이 나란히,
다소곳이 거리를 채우고 있었다.

어느 물건이든 어떤 사람이든,
어울리는 자리가 있게 마련이다.
그런데 때로는 뜻밖의 곳에서 빛이 나기도 한다.
부엌을 탈출해 거리로 나선 그릇들처럼.
누구나 기대하는 그 자리가 아니어도
조금은 어색하거나 낯설어도
그 자리가 진짜 빛이 나는 자리일지도 모른다.
가끔은 우리에게도 그런 용기가 필요하다.

여행자의 거리

레보드프로방스, 프랑스

#레보드프로방스

#여행자의거리

#낯선골목

#순간의행복

여행자의 시선을 끄는 것은 대단한 것이 아니다.
누군가에게는 평범한 일상이
누군가에게는 특별한 무엇이 되기도 하니까.
여행은 우리 곁에 존재하는 소소한 것들을
따뜻한 시선으로 특별하게 만들어 준다.
우리의 삶이 그러하듯이.

낯선 골목에 멈춰서는 그 순간의 행복을 찾아
오늘도 걷는다. 누군가의 거리를…….

#OneDayOnePortrait

#레보드프로방스
#하루한개초상화
#여행자의거리

하루 한 개 초상화

레보드프로방스, 프랑스

그녀의 눈빛이 너무 강렬해
기억 속에서 쉬 떠나질 않는다.
'하루 한 개의 초상화' 프로젝트 문구가 보인다.
아마도 평범한 누군가의 삶이,
그리도 강렬할 수 있음을 보여 주는 듯하다.
우리는 모두 각자 빛나는 것이라고
말해 주는 듯하다.

숲속 음악회

#베를린 #숲속음악회 #오케스트라

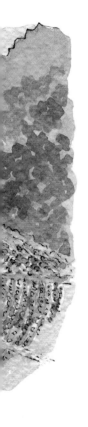

오케스트라의 청중이 되는 것은 참 멋진 경험이다.
뮤지션들 각각의 수십 년에 걸친 노력과 인생이
한꺼번에 나에게로 다가오는 감동이 있어서다.
아름다운 리듬과 선율이 내 귀에 닿는 순간,
그 순간을 위해 무수히 쌓여 왔을 그들의 땀과 열정이
나를 위한 것이라고 생각하면
더더욱 짜릿하고 황홀해진다.
아름다운 소리가 마음을 두드릴 때, 위로와 격려,
환희와 기쁨, 평화와 행복감이 번갈아 찾아든다.
구름 위를 나는 듯, 고요한 바다 위에 몸을 맡긴 듯
몽롱해지다가 무대를 떠나보내는 긴긴 박수 뒤에
서서히 현실 앞에 깨어난다.

베를린의 숲속 음악회는 그런 순간을 선사해 주었다.
거대한 자연 속에서 맞이할 수 있었던 특별한 순간.
끝없는 대지를 향해 열린 무대에서 시작되어
바람을 타고 온 선율이 내게 닿는 순간
이곳이 숲속이라는 사실에 문득, 한층 더 행복해진다.

언니들의 버스킹

#아비뇽   #버스킹   #중년의언니들

늦은 오후, 상상 속에만 있던 남프랑스의 첫 거리 산책.

설레던 장면 속에 드디어 내가 서 있다.

늘 그렇듯 먼저 광장을 향해 걸었다.

소도시의 광장은 종종 북적인다. 카페 앞 테이블들과

거리를 두며 걷는데, 넓은 나무 그늘 아래 자리 잡은

버스킹 그룹이 보였다. 막 준비를 마치고 버스킹을 시작한

중년의 언니들이다. 일부러 느리게 걸으며 주위를 맴돈다.

연주가 시작된다. 왠지 수줍은 음색, 어색한 리듬.

그런데 괜히 미소가 번진다.

그녀들의 수줍은 설렘이 고스란히 전해져서.

아침밥을 준비하고, 집 안 청소를 하다가 들뜬 마음으로

가장 좋아하는 옷을 차려입고 나왔을까?

아니면 부랴부랴 회사 일을 정리하고 나선 걸음일까?

길을 나서며 한껏 부푼 마음으로 샌들의 버튼을 채웠을

그녀들의 숨겨진 순간을 상상하며 즐겁다.

시간이 흐르면서 점차 리듬이 자리를 잡고,

자신감이 차오른다. 유쾌해진다.

무엇보다도 즐거운 열정만큼은 최고다.

내 인생도 꽤 괜찮아요 소리 높여 속삭이는 것 같다.

음악에 상상을 더하며 나는 시간 여행을 떠났다.

청년 시절 빠져 지냈던 교회 합주단의 시공간으로.

언젠가는 부에나비스타 소셜 클럽처럼

나이 들어 좋아하는 사람들과 함께 연주하며

늙어가면 좋겠다고 생각한 적이 있었지.

내 오랜 기억을 소환해 주어 고마운 마음으로

동전을 기부하며 그녀들을 응원했다.

그 마음을 알 것 같던 남프랑스 언니들의 수줍은 버스킹.

인생은 아름다운 것!

도시를 읽는 여행자

누군가는 도시를 하나의 거대한 텍스트라고 표현했다.

텍스트와 같은 도시를 읽는 방법은 다양하다.

찬찬히 걷는 일은 도시를 읽는 방법 중 최고의 방법이다.

내가 서 있는 자리에서 보이는 도시의 첫인상을 감상하고 나면
햇빛의 양과 바람의 세기에서부터 거리를 밟는 느낌까지
전부 내 것이 된다. 길 위에 늘어선 건물의 형태와 색채감을 느끼고,
구체적인 물체를 공들여 관찰한다.
나는 예습 없이 여행하고 이후에 복습한다. 도시 여행이라는 책을
읽는다 치면 전체를 훑어보고, 특별히 관심 있는 장만 골라 읽는다.
그래서 가끔 책 읽기를 도와주는 사람을 만나는 것이 좋다.

몇 해 전 처음 베를린에 방문했을 때, 독일 유학생이었던 친구가
들려준 이야기가 있다. 독일 거리의 바닥에는 유대인이 살았음을
나타내는 금색 표식이 있다고 했다. 설명을 듣고 난 뒤부터는
평범한 길바닥을 주의 깊게 살펴보게 되었다.
또 다른 이야기는 통일 독일의 상징이 된 베를린의 암펠만 신호등.
원래 동독에 있던 신호등인데 귀여운 신사의 걸음걸이로 보인다.
사람들이 이 캐릭터를 좋아하게 되면서 구서독 지역에도
암펠만 신호등이 생기기 시작했다. 도시 곳곳에는
암펠만 기념품점이 있고, 암펠만 카페도 생겼다.
역사를 기록하는 방식이 이렇게 진지하면서도
이토록 친근하고 발랄할 수도 있다니 놀라운 일이다.
암펠만 신호등이 있는 건널목을 건널 때마다
여기가 베를린이구나 하는 생각을 하게 된다.

#베를린

#유대인

#암펠만신호등

골목 드로잉

예술가들이 사랑하는 도시 리스본.

유럽의 어반스케쳐들이 왜 자꾸 포르투갈로 향하는지 궁금했다.

여행자들의 현지 안내 어플에 유독 소모임 프로그램이 많은 도시.

마침 가고 싶었던 동네에 모임 하나가 마음을 사로잡았다.

시간을 가늠하고 신청하자 바로 반가운 답 메시지가 왔다.

동네에 있는 작은 박물관 앞에서 오전 10시 모임, 재료 필요 없음.

약속한 시각, 박물관 앞은 조용하고 인적이 별로 없었다.

한 중년 아저씨가 서성이다 다가온다. 난생 처음 드로잉 모임을

만들어 어플에 올렸고, 오늘은 신청자가 한 명이란다.

약간 당황했지만 어쩌랴. 잠시 주춤하는 사이, 나를 위해

준비해 왔다며 건네주는 스케치북과 펜이 마음에 쏙 들어

그만 환하게 웃어 버렸다.

지역 토박이로 건축일을 오래 했다는 그는 지금은 쉬면서

건물 드로잉에 빠져 지낸다고 했다. 끝이 없을 것 같이 이어지는

좁고 긴 골목을 어찌나 자세하게 알던지, 골목길에 붙어 있는

작은 상점 주인들과 아침 인사도 나눈다. 그의 열정 가득한 가이드에

참가자가 한 명인 것이 내 탓인 양 미안할 지경이었다.

걷다가 그리고 싶은 골목이 있으면 언제든지 말하라고 했지만

방향이 바뀔 때마다 매혹적인 공간들이 끝없이 펼쳐지니

그릴 곳을 정하기가 쉽지 않았다. 게다가 좁은 골목길이라

걸터앉아 그릴 공간이 마땅치 않아 망설이고 있었더니
그릴 곳을 제안해 주었다. 그렇게 좁은 모퉁이에 서서
현지의 어반스케쳐와 함께 시작된 스탠딩 드로잉.
오전에만 다섯 개의 골목을 휘리릭 그려 냈다.

왜일까? 누군가의 일상 속 때가 잔뜩 묻어 있는 낯선 골목들이
아름답게 느껴지는 이유는. 저마다의 수많은 사연이 쌓여 있기
때문일까? 멈춰 서서 그리지 않을 수가 없다.
구석구석에 있는 작은 가게와 카페, 좋아하는 식당,
본인이 좋아하는 골목, 심지어 아들이 다닌 학교 이야기까지 들려주며
함께 드로잉해 준 Joao에게 감사!

동행 스케치를 마치고 그가 알려 준 동네 레스토랑에서 점심을 시키고
음식이 나오는 동안 실내 드로잉을 했다. 식당의 매니저가 관심을
보인다. 그리고는 저녁에 열리는 민속음악 파두 콘서트에 초대한다.
시간에 맞추어 찾아가니 가장 좋은 자리를 내주었다.
드로잉의 짜릿함과 친절한 그들의 환대,
더불어 민속음악까지 즐길 수 있었던 리스본의 밤.
나에게는 사랑스러운 도시로 남은 리스본.
I love Lisbon!

수로교 위 드로잉

18세기에 건설을 시작해서 19세기에 완성되었다는 수로교.
포르투갈의 수석도시공학자 마누엘 다 마이아가 건설했다.

높은 수로교 위에서
아찔한 경관 드로잉.

#리스본   #어반스케치   #수로교   #고공드로잉

거대 예수상 아래에서

리스본, 포르투갈

계획 없이 즉흥적으로 떠났던 가을 여행의 마무리는
리스본의 거대 예수상 아래에서 마무리되었다.
왜 그들은 이리도 거대한 예수상이 필요했던 걸까?

오래된 것과 첨단의 것, 활기참과 노곤함, 좁지만 광대한.
높고 낮은 언덕이 수없이 반복되던 리스본.
그 도시를 향해 팔을 벌려 모두를 품어 주는 듯한
예수상의 두 팔.
예수상의 발아래에 서니 더 높은 곳을 향하려는
욕망으로 보이기보다는
안식과 위로의 몸짓으로 느껴졌다.
그들도 그런 마음으로 세워 놓은 것이었을까?

걷는 골목마다 삶의 흔적이 정겨웠던 곳.
육지의 끝이라 여겼던 바다가 닿는 도시.
언젠가 안식과 위로가 필요할 때 다시 길게 머물러 보리라.
꿈 한 자락을 내려 두고 다시 베를린으로 향했다.

#리스본 #리스본예수상 #머물고싶은 #가을여행

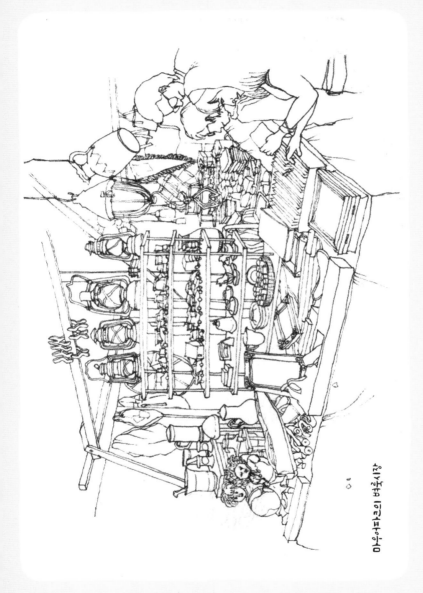

옛날 벼룩이 시장

230

그 어떤 아름다운 길이라도 잠깐 멈추고
방향을 확인한다. 이정표는 그래서 반갑다.

항구를 품은 이국적 풍경의 마르세유에서
또 다른 먼 여행을 상상한다.

5

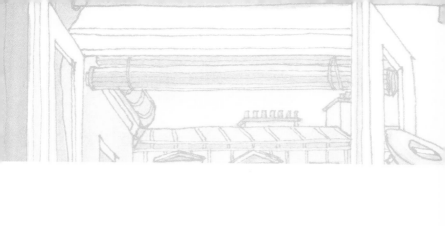

머무르다

시작과

끝을 위한

공간

드로잉

파리의 아침_ 6월

여행 경력이 쌓일수록 머무는 공간은 볼거리, 먹거리만큼
중요해졌다. 괜찮은 여행은 체력에서 나오고, 체력은
머무는 곳에 따라 달라진다는 것을 몸이 알려 주었기 때문이다.
머무는 공간이 맘에 들고 익숙해지면
생활여행자로 일상의 순간들을 만끽할 수 있다.

먼 이국에서 생활하는 벗을 둔 덕에,
파리에서의 일주일은 안락한 침실에서 싱그러운 햇살에
눈을 뜨는 호사를 누렸다. 내가 앉은 자리에서 창밖으로
향하는 공기에 숨을 실어 보내면, 이 공간이 내 것인 양
부쩍 친밀해진다. 기지개를 늘어지게 켜고, 고소한 커피를
한 잔 내리고, 동그란 테이블 위에 스케치북을 펼친다.
방 한가득 초록 기운을 뿜어내는 흐드러진 화분 하나,
은은한 조명등에 걸린 작은 인형 하나만 지나치면
바로 건너편 사람 사는 곳에 시선이 가 닿는다.
언젠가 꿈꾸었던 파리에서의 아침,
그 장면 속에 지금 내가 있다.

평화로운 아침 전경이 익숙해질 즈음이 되면
그 길을 따라 파리의 일상 속으로 걸어들어가리라.

#파리   #6월여행   #파리의아침   #여행자의방

여행자의 방_ 8월

추적추적 비가 내린다.

지난 몇 주간 꽤 고단했던 터라 쌓였던 여독이

폴란드 크라쿠프에 이르러 터져 나왔다.

여행이 길어지면서 긴장을 풀 시간이 없었나 보다.

다음 여행을 떠나기 전, 이곳에서 쉬어가기로 했다.

나는 천천히 쉬어가는 여행지에서의 숙소는 호텔보다
에어비앤비를 선호한다. 그리고 세 가지 조건을 따진다.
하나, 광장까지 걸어갈 수 있는 거리에 있을 것.
둘, 주변에 마트나 빵집이 있을 것.
셋, 혼자 지낼 수 있는 공간일 것.
이 세 가지의 필수 조건을 채우고도
2층에 작은 침실이 있는 멋진 집이 인연에 닿았다.
적당한 가격에 조용한 거리 안쪽에 있어 내 집처럼 편안한
공간이었다. 하지만 그동안 꾹꾹 참아왔던 몸살이 나고 말았다.

친절했던 약사에게 서투른 영어로 꽤 공을 들여
설명을 한 끝에 감기차를 받을 수 있었다.
감기차를 마시며 종일 열과 몸살을 달랬다.
다행히 그 차가 어찌나 맛있던지.
천천히 하는 여행이라도 여정이 길어지면
한 번씩은 꼼짝하지 않고 쉬는 날이 필요하다.
크라쿠프는 근사한 광장과 거리의 기억을 뒤로하고
약해진 몸을 돌보며 머물렀던
여유로운 공간으로 기억에 남아 있다.

#크라쿠프 #8월여행 #쉬어가기 #여행자의방

소박한 침실_ 9월

장기 여행자로 살아보는 것은 심플라이프에 대해
생각해 볼 수 있는 아주 좋은 기회이다.
특히 에어비앤비를 통해 숙소를 얻으면
조금이라도 지역민들의 문화를 엿볼 수 있고,
지역민들을 만날 수 있기 때문에 좋다.
나라마다 도시마다 그들이 사는 공간은
저마다의 양식과 분위기가 있다. 아름답고 화려한 곳,
고즈넉하고 단정하며 소박하고 정겨운 곳 등등.

하지만 신기한 것은 며칠을 머물러 보면 첫인상과
다른 곳들이 종종 있다는 것이다. 보기 좋고 널찍한 공간도
머물기에는 불편한 곳이 있다. 반면 공간이 작아도 놀라울
정도로 편리한 곳도 있다. 몇 개월간 수십 개의 도시에서,
각양각색의 숙소를 이용하는 동안 한국에 돌아가면
내 공간을 어떻게 바꿀지에 대해 생각이 많아지던 참에
영국 남부의 작은 마을 토트네스에 머물게 되었다.

숙소는 토트네스 근처의 슈마허칼리지.
이곳에서 일주일을 보내기로 하고 숙소로 들어서는 순간,
'작은 것이 아름답다'는 가치를 토대로 만들어진
학교에 왔다는 사실이 온몸으로 느껴졌다.
벽돌 모양이 그대로 남아 있는 깨끗한 벽,
싱글 침대와 깨끗하고 하얀 시트,
창밖으로 보이는 나무 위에서 지저귀는 새소리.

엔틱한 작은 교정과 나무들이 보이는 작은 창문,
이 두 가지를 빼면 침대, 옷장, 책상, 소박한 화병까지
여느 숙소와 크게 다를 것 없는 가구들이 놓인
작고 단정한 공간이었다.

다른 것이라면, 스탠드를 제외하고는 TV나 전자 제품이
없다는 점, 화려한 장식이나 플라스틱 제품이 없다는 점,
새것처럼 보이는 물건이 없다는 점이었다.
오래된 나무 가구들로 채워진 방은 자연과 한층 가까운
느낌을 들게 했다. 방 안에는 환경단체 잡지 한 권이 있고
공동욕실을 지나 복도와 계단으로 연결되는 모퉁이에
작은 소파 하나가 놓여 있을 뿐이었다. 공동 식당에서는
완전한 채식 식단이 제공되었다. 밤에는 밖에서 파고드는
화려한 불빛 대신, 은은한 달빛이 스며들었다.

　　　하루쯤은 어색하고 불편했던 것 같다.
　　　하지만 그 이후로는 살아가면서 필요한 것이
　　　그다지 많지 않음을, 머리가 아닌 몸으로
　　　이해하고 느낄 수 있도록 해 주었던 곳.
　　　지금도 문득 내 생활을 돌아볼 때면
　　　나는 여전히 그 공간을 떠올린다.

#토트네스　　#슈마허칼리지

#9월여행　　#심플라이프　　#여행자의방

마지막 아침_ 9월

#잘츠부르크   #근사한숙소   #9월여행   #모차르트고향   #여행자의방

늘 잔고가 신경 쓰이는 여행자 신분이지만,

여행의 마지막 숙소는 좋은 곳으로 잡는 편이다.

나는 꽤 오랜 기간을 강의하는 사람으로도 살았다.

강의를 하다 보면 시작하자마자 망했다 싶은 날도 있지만,

그래도 마지막까지 포기하지 않는 편이다.

앞서 부족했던 부분을 마무리할 때 잘 정리하면 나름대로

회복 가능하다는 것을 경험을 통해 알고 있기 때문이다.

여행도 그렇다. 우여곡절이 많았어도
여행의 잔상을 정리할 마지막 숙소가 편안하면
좋은 기억이 힘을 얻게 된다.

잘츠부르크 여행의 마지막은 다소 무리한 일정이었다.
두 명의 절친과 만나는 일정까지 겹쳤기 때문이다.
근사한 공간을 숙소로 잡지 않았다면
할슈타트의 비경도 그저 그렇게 지나쳤을 것이다.
근사한 성과 광장, 도시의 모습도 깊이 남지 않았을 것이다.
마지막 숙소의 창문이 베란다로 활짝 열리지 않았다면,
베란다에 멋진 티테이블이 없었다면,
나의 공간에서 모차르트의 음악을 즐길 수 없었다면 말이다.

창문을 활짝 열고 아침 공기를 깊숙이 들이마시고
모차르트의 음악을 틀어 놓고 짐을 챙길 수 있는 공간.
창밖으로 펼쳐지는 잘츠부르크의 매력적인 풍경을 보며
베란다 테이블에 앉아 생각에 잠길 수 있었던 공간.
그 공간은 잘츠부르크의 여행을 멋진 기억으로 만들었다.

음악의 도시, 모차르트의 고향으로만 알았던
잘츠부르크는 정말 매력적인 도시이다.
소금이란 뜻의 '잘츠'가 의미하듯, 이 지역 소금이
얼마나 맛있는지, 모차르트 같은 훌륭한 음악가를
배출한 고향이 얼마나 근사한 모습인지 알았다.
작은 연주회가 많아 예비 유망주들의 음악 연주를
응원하며 들을 수 있다는 것, 수준 높은 연주를
들으려면 미리 예약하는 것이 좋다는 사실,
옆 나라 독일보다 음식이 맛있고 사람들이 친절하다는
내 맘대로의 경험도 머리 가득, 가슴 가득 품었다.

이제 다시 베를린으로 돌아가야 한다.
이제 내게 잘츠부르크는 좋은 사람과 함께 걸었고
행복해하며 머물렀던 도시로 각인되었다.
음악을 사랑하는 사람과 다시 한번쯤 와보고 싶은 도시,
잘츠부르크!

눈 오는 부활절 아침 ———————— 베를린, 독일
_ 11월

베를린을 떠날 시간이 다가오고 있다.
하나하나의 기억들이 새삼 새록새록.
지난 시간을 돌아보면서 처음 나를 맞이해 준 공간,
부활절 아침의 풍경을 다시 종이 위에 담아본다.

새순을 준비하는 나뭇가지 사이로 보이는
독일식 건물들이 "여기가 독일이야."라고
말 걸어 주는 창밖의 풍경.
잎이 무성해 가려졌던 거리가 어느새
겨울 초입으로 접어들었다.
앙상해진 나무들 사이로 제 모습을 드러낸다.
다시 첫 모습 그때처럼.
머물고 떠나기. 돌고 도는 시절을 죄다 품어 내는
그 모습 그대로의 풍경이
새삼 고마운 아침이다.

#베를린   #창밖풍경   #11월여행
#부활절아침   #여행자의방

디커의 고독_ 5월

가끔은 고독을 위해 살아가는 것도 같다.

세상이 온통 내 것같이 여겨지는 순간에도,

누군가와 함께여서 절절하게 행복한 순간의

모퉁이에서도.

어디선가 문득 고독감이 찾아들면

이제는 그 순간을 고마워할 수 있게 되었으니까.

끝도 없이 뜨겁거나, 더 이상 차가울 수 없을 것 같은

아슬아슬한 절정의 순간을 보내고 난 직후의 찰나.

무엇으로 채워지지 못한 순간을 그저 담담히 버텨 주는

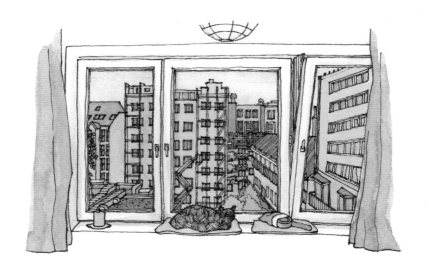

고독감은 나에게 그런 속 깊은 친구.

고양이 디커의 뒷모습을 보며 고독을 생각한다.

베를린 한복판에서 가장 큰 도움을 받았던

나의 플랫메이트, 디커, 그리고 고독.

플랫(flat)
주택 공유 문화가 보편적인 독일에서는 공유하는 주택 공간을 플랫이라 부른다.
그러니 방이 필요할 때는 '플랫메이트'를 구한다.

혼자만을 위한 방_ 9월

#베를린   #숙소전쟁   #9월여행   #빈티지공간   #여행자의방

지난봄, 악명 높은 독일의 방 구하기 전쟁을 치른 이후로
온갖 불편한 행정주의, 원칙주의, 어마어마하게 고지식한
유럽 스타일에 어느 정도 적응하게 되었다.
무엇이든 최대치를 경험해 봐야 알게 되는 법.
지난봄에 비하니 가을의 집 구하기는 순조롭게 느껴졌다.

봄에는 10여 명의 경쟁자들과 방 한 칸을 놓고
경쟁을 벌여야 했다. 집주인이 내놓은 정보를 보고 찾아가면
여러 명의 세입 희망자들은 면접을 치러야 한다.
취향, 나이, 성향에 이르기까지 온갖 까다로운 면접을 거쳐
그 집에 안착하기까지에는 수많은 난관이 있다.
지난 경험을 바탕으로 가을에는 아예 내 소개를 사이트에
올리고 나를 원하는 집주인을 기다려보기로 했다.
서너 명의 집주인이 곧바로 연락을 해 왔다.
친구로 삼을 만하고, 연일 파티를 할 만큼 젊어 보이지 않고,
방문연구원이라는 안정적인 조건을 원하는 집주인들이었다.
이번에는 내가 그들의 조건을 고려해 숙소를 선택하고
적절한 공간을 계약하게 되었다.
신기하다. 나를 오픈하는 순간, 선택권이 많아진 것이다.

　　　　내가 선택한 곳은 동네 분위기가 마음에 들었다.
　　　　트램과 지하철이 걸어서 닿을 만큼 가까웠고,
　　　　구동독 지역이었지만 젊은 문화예술가가 많이 거주하면서
　　　　예술적인 분위기가 물씬 나는 곳이었다. 괜찮은 공간과
　　　　문화 공간들이 가까이에 위치한 멋진 동네였다.

새로운 집의 분위기는 빈티지 스타일.
새롭게 방문한 사람을 긴장시키지 않는 분위기를 가진
공간이었다. 무엇보다도 마음에 들었던 것은 내가 쓸 방이
창문이 두 개나 되는 넓은 공간이라는 것이었다.
그럴싸한 가구는 없었지만 호젓하고 정감이 갔다.
무엇보다 좋았던 조건은 집주인이었다.
이탈리아 출신의 50대 여성이었던 친절한 주인은
베를린에 근무하고 일주일에 3일만 집에 머문다고 했다.
약간의 흥정과 일정 조율을 거친 후, 최종적으로 계약을
진행했다. 이후 다사다난한 일들은 있었지만 그래도
줄 서서 면접 보는 일은 피할 수 있었으니 만족스러웠다.

그렇게 머물게 된 플렌츠라우어베르크 지역의
빈티지한 내 방은 세 달 동안 나만의 세상이 되었다.
그리고, 읽고, 자고, 두 개의 창문을 바라보며
나의 1년 여행을 스케치북에 담을 수 있었던
행복했던 시간들. 내 인생의 황금기를
가장 빈티지한 공간에서 보냈다.
사랑한다, 그 시간들이여!

긴 여행의 마무리는 프라이부르크에서의 한달살이로
정했다. 여러 인연으로 친구가 된 속 깊은 후배의
아이디어였다. 그는 자신의 공간을 기꺼이 나에게 내어 주고,
함께 다채로운 프로그램을 만들어보자는 제안을 해 주었다.
이방인으로 타지 생활을 먼저 해 본 사람들의 배려심은
확실히 남달랐다.

처음 2주간은 친구 집 신세를 지기로 했다.
짧은 시간이지만 지금은 내 방이 된 창 너머로
살아보고 싶던 도시의 거리, 사람들,
자연의 풍경이 펼쳐졌다.
긴장으로 가득한 이방인으로서의 현재를
잊게 해 주는 포근한 커튼,
창가의 화분과 소품들마저 정겹다.
비가 오락가락하는 오후, 커피 향을 친구 삼아
느리게 흐르는 시간 곁에서 잠시 긴장을 내려놓는다.

#프라이부르크   #한달살이   #12월여행   #느리게흐르는시간   #여행자의방

설렘과 아쉬움의 기억_ 6월

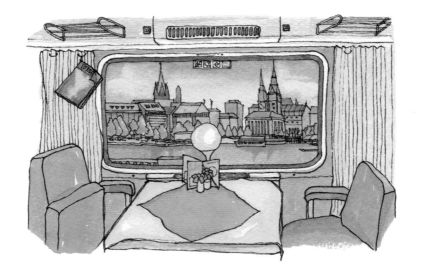

#함부르크   #기차여행   #6월여행   #기차식당칸   #여행자의방

새로운 도시에 도착하면 창밖의 풍경은 미지의 세상으로
진입하는 문이 된다. 그러다 이제 익숙해진 도시를
떠날 때가 되면, 그 풍경은 추억과 기억이 되고
떠나보내는 순간을 맞는다. 설렘과 아쉬움이 교차하는
여행자의 창, 그래서 기차의 창밖 풍경이 좋다.

좌석표를 별로도 예약해야 하는 유로 레일을 이용할 때,
종종 식당칸을 이용했다. 커피를 한 잔 마시며
빠르게 흐르는 풍경을 좀 더 근사하게
감상할 수 있기 때문이다.
물론 모든 기차의 식당칸이 그런 것은 아니지만.
함부르크와 베를린을 오가는 기차는
식당칸이 여유로워서 좋다.
차 한 잔, 때론 식사 한 끼를 즐기며
멋진 풍경의 파노라마를 감상하기에 충분하다.

여행자의 창밖, 때로는 모든 것

준비 없이 떠났던 노르웨이 여행.

사전 정보 없는 무지한 여행자에게 첫 숙소는

그 나라에 대한 첫사랑을 피어나게 하는 공간이 되기도 한다.

전형적인 주택가, 동네가 내려다보이는 창밖 세상을

바라보며 이미 여행은 시작된다.

창가를 서성이며 엿보는 창 너머의 세상만으로도

여행자가 설레기에 충분하다.

#오슬로 #베르겐 #6월여행 #첫숙소의설레임 #여행자의방

#코펜하겐 #창밖풍경단상 #11월여행 #휘게 #여행자의방

종일 흐리다가 3시부터는 어두워지기 시작하는
북유럽의 혹독한 겨울.
11월이 괴롭다는 덴마크 친구들의 말을 곱씹어본다.
12월 크리스마스 축제가 열리기 전의 11월은
행복지수 1위 나라의 국민들에게도 쉽지 않은가 보다.
다만 그들은 '어떻게 휘겔리한 삶을 살 수 있을까?'라는
질문을 더 많이 던지며 살아간다.
편안하고 아늑한 삶을 추구하는 덴마크식 라이프스타일
'휘게'는 그냥 얻은 것이 아닌 듯하다.

초청을 받아 찾아간 친구의 집은 한 벽면 전체가 유리였다.
집이 아파트식으로 나란히 있는데, 온통 유리로 되어 있으니
부담스러울 만큼 속이 훤히 들여다보일 수밖에 없었다.
그런데 친구는 전혀 개의치 않았고, 블라인드도 내리지 않았다.
오히려 퇴근하는 이웃과 자연스레 인사를 나누었다.
휘게를 위해 중요한 것은 이웃, 친구, 가족 등
사람과의 관계를 잘 유지하는 것, 즉 사회적인 지지라고 한다.

에피소드 한 조각.

덴마크의 수하물을 검사하는 공항 직원은 내가 기억하는 한
같은 직종의 종사자 중 제일 친절했다. 지난 여행 스톡홀름에서
새벽 기차로 도착해 호텔까지 가는 버스를 탔을 때, 버벅거리는
초행길 여행자를 대하는 버스 운전사 역시 참으로 친절했다.

책에 소개된 '휘겔리한 삶을 위한 십계명'

1. 분위기: 조명을 조금 어둡게 한다.

2. 지금 이 순간: 현재에 충실하라. 휴대전화를 끈다.

3. 달콤한 음식: 커피, 초콜릿, 쿠키, 케이크, 사탕. 더 주세요!

4. 평등: '나' 보다는 '우리'. 뭔가를 함께 하거나 TV를 함께 시청한다.

5. 감사: 만끽하라. 오늘이 인생 최고의 날인지도 모른다.

6. 조화: 당신이 무엇을 성취했든 뽐낼 필요가 없다.

7. 편안함: 휴식을 취한다. 긴장을 풀고 쉬는 것이 가장 중요하다.

8. 휴전: 감정 소모는 그만. 정치에 관해서라면 나중에 얘기한다.

9. 화목: 추억에 대해 이야기를 나눔으로써 관계를 다져 보자.

10. 보금자리: 이곳은 당신의 세계다. 평화롭고 안전한 장소다.

〈휘게 라이프, 편안하게 함께 따뜻하게〉 中

봄날의 메밀국수_ 5월

함부르크, 독일

#함부르크

#메밀국수

#한국음식

#피로탈출

타국 생활을 버틸 수 있게 해 주는 하나의 힘을 꼽자면
고국 친구들과 함께 하는 요리, 한국음식!

이곳저곳에서 귀하게 입수한 재료를 모아
근사한 식탁을 차리고 나면
타지 생활의 피로감도 순식간에 사라진다.

봄날 베를린 친구들과 함께했던
5월의 메밀국수!
함께해 준 현지 친구들을 떠올린다.
유진, 가온, 동하, 이현, 세연, 원정,
아미, 현수, 선인, 코뿔소, 모두 고마워!

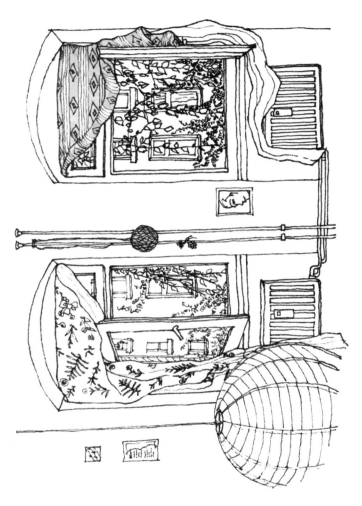

안락함 대신 동네와 사람의 공기 때문에 선택한
나의 첫 장기 계약 숙소

여행 드로잉, 일상 드로잉은 소소한 것을 소중하게 바꿔 준다.
도화지를 펼치고 드로잉하는 동안 꿈틀거리는 그 행복감이 정말 좋았다.
누군가의 일상이 내게 특별해지는 순간이다.

그리고 여행 친구들

스킨로션

여행 때마다 동행했던 꼬마 친구들.

리필하기 좋은 용기라 내용물이 바뀌어도 그 모습 그대로.

설레는 순간마다 함께해 준 고마운 여행 친구들.

카메라

같은 곳을 바라봐 주고 기억 너머

기록까지 남겨 준 고마운 여행 친구.

유럽 여행을 따라온 아빠의

세컨드 카메라. 내게는 메인 카메라.

고단함의 흔적이 빈티지하게 표현됨

(울어버린 종이 달래려다 보니^ ^).

장갑

아름답기로 소문난 알자스 지방의
크리스마스 축제에서 구입. 고풍스러운 빈티지부터
인근 지역에서 올라오는 독특하고 아기자기한 물건들까지,
도시 곳곳에서 시리즈로 열리는 문전성시 마켓에서
실용성이 좋은 10유로 장갑 하나를 선택.
편하고 나름 독특한 무늬도 좋은데
보풀이 장난 아니다. 건투를 빈다, 내 장갑!

운동화
내 여행길에 가장 힘이 되 주었던
사랑하는 여행 친구.

휴대용 스탠드
루브르 출신의 휴대용 스탠드.

손목장갑

긴 여행의 장점 중 하나가 살면서 꼭 필요한 것과 그렇지 않은 것을 끊임없이
생각해 보게 한다는 점. 체류지가 바뀌는 여행이 길어질수록 가방의 무게는
삶의 무게처럼 느껴지기 때문이다. 그래서 꼭 필요한 것만 여행 가방의 선택을
받는다. 그중 하나가 손목장갑. 날이 쌀쌀해지기 시작하면서 장갑이 필요하지만,
두터운 장갑은 거추장스러울 때도 많다(구글맵을 늘 장착해야 하는 초행자에게는
더더욱). 그런데 손목장갑은 위로 밀어 올렸다 내렸다 하며 필요할 때 바로 손을
쓸 수 있어 좋다. 게다가 갑작스러운 산행에 준비가 덜 된 내 발목을 위해서도
희생을 감수한 친구다.

베를린에서 몇 개월간 거주했던 프렌츠라울러베르크 지역에는 빈티지한 물건을
팔거나 친환경 물품을 파는 가게가 꽤 많아 구경하는 재미가 쏠쏠했다.
그중 베를리너들이 직접 만든 의류와 액세서리들을 파는 가게도 있었다.
갑작스러운 비로 장사가 안 되던 가게에 첫 손님으로 들어가 구입했던 손목장갑.

이어폰

긴 여행을 응원한다고 후배들이
선물해 준 블루투스 이어폰을
여행 3일 만에 떠나보내고,
결국 긴 여행을 함께 했던
아이폰용 이어폰.

손목시계

오래 지니고픈 나무손목시계.
스위스 취리히의 지속가능한 가게
'써클'에서 구입.

모자 + 락커 키

독일산인 줄 알지만 남대문에서 유럽까지 따라온
편하디 편한 빵모자. 가방에 이 친구만 있으면
오락가락 비 오는 날, 머리 손질 안 되는 날도
문제 없다.
하늘과 맞닿은 듯 자연 속에 멋들어진 풍광을
감상하며 찬 기운 더운 기운 맛보게 해 준
야외 온천 락커 키도 추가.

카드

독일에서 외국인 신분으로 계좌 트기는 그야말로 험난한 여정이다.

거주지 등록을 해야 비자를 받을 수 있고 계좌를 만들 수 있는데,

비자를 받으려면 거주지 등록을 해야 하고…… 기타 등등 복잡하다.

뭐든 되는 대한민국의 서비스들에 새삼 고마움을 느끼게 하는 첫 관문

계좌 트기! 모든 인내를 동원해 서서히 다양한 케이스들을 섭렵할 때쯤 알게 된

온라인 뱅크 #N26은 어메이징! 언빌리버블! 비자 없이도 외국인이어도

계좌와 카드가 발급된다. 게다가 전 유럽에서 수수료가 없다.

상담을 위해 예약하고 계좌 발급까지 한 달 가까이 걸리는 보통 은행과 달리

모든 과정이 단 3일에 끝난다! (물론 우리나라는 30분 걸릴 일이지만^^.)

진짜 업고 다녀도 모자란 녀석. 고맙다 친구야!

지폐

한 장만 들고 있어도 든든한
여행 친구.

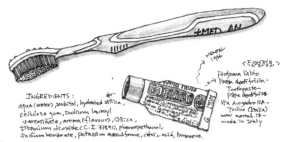

여행 가방

여행의 무게를 한껏 덜어 주는
애정하는 여행 친구.
손잡이가 맘에 들어 입양했던 기억이 새록새록.
그리다 보니 누군가 필요할 때 언제든 손 내밀 수 있는
편안한 손잡이 같은 사람이 되고 싶어진다.

INGREDIENTS :
aqua (water) , sorbital, hydrated silica ,
cellulose gum, sodium lauroyl
sarcosinate, aroma (flavour) , silica ,
titanium dioxide (C.I. 77891) , phenoxyethanol,
sodium benzoate, potassium acesulfame, citric acid, limonene.

MENTAL
1996

<트리멘전치약>
Profumo l'abito
Pasta dentifricia
Toothpaste
Pâte dentifrice
Vra Avogadro IRA
Torino (Italia)
www.mental.it
made in Italy

칫솔, 치약

진정 내 이를 닦는 데 이리 많은 성분이 필요하단 말인가?!

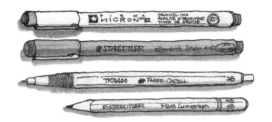

필기구

필통을 정리할 때면 첫 마음이 떠올라 상쾌해진다.

게다가 내게 친근한 필기구를 지닌 날이면 생각하는 대로, 상상하는 대로

종이 위를 날아볼 수 있으니 신나고 든든하기까지〰! 여행을 준비할 때도

필기구와 그림 도구를 챙길 때 가장 설렌다.

나도 곁에 있으면 신나고 든든한 그런 벗이 되어야 할 텐데!

포크숟가락

숟가락과 포크. 올봄 루브르 박물관에서 만난 내 귀한 여행 파트너.

야생동물 발자국을 흉내 내 만들어진 다기능 스푼과 포크

(알고 보면 자연에서 힌트를 얻어 발명한 물건들이 꽤 많다).

심플한데 기능은 최고!

괴테 모형 인형

내게 특별히 영향을 준 작가는 아니지만
괴테하우스에 방문했다가 그곳에서 인연이
된 독특한 인형. 현장드로잉의 크기
인증샷을 찍을 때 열일해 준 여행 친구.

머리빗

이빨 빠진 머리빗. 이래뵈도 유럽 몇 개국을 함께한 녀석이다.
이빨이 빠져 짠한 마음인데, 옆에 있던 유럽 언니가
너무 사랑스럽게 보고 갔다. "WOW!"를 연발하며.

지속가능한 삶을 위한 일상예술가의 드로잉 에세이

길 위에서 내일을 그리다

© 장미정, 2020

1판 1쇄 펴낸날 2020년 12월 25일

지은이 장미정
펴낸곳 도트북
펴낸이 이은영
디자인 책돼지
등록 2018년 12월 18일(제406-2018-000154)
주소 서울시 노원구 동일로 242길 80 상가 2F
전화 02-933-8050
팩스 02-933-8052
이메일 reddot2019@naver.com
블로그 https://blog.naver.com/reddot2019
ISBN 979-11-971956-0-0 03810